Jens Friebes »52 Wochenenden« ist erstmals im Jahr 2007 erschienen. Es geht darin ums Ausgehen und Rumstehen, um Drogen und Leben, um Ernst und Unernst. Der Roman eines Feierjahres wurde von der FAZ begeistert gefeiert: »So nah hier alles – wie immer bei gutem Pop – an allseits bekannten Alltäglichkeiten ist und diese präzise und pointiert abbildet, so sehr spinnt Friebe im nächsten Moment völlig unspektakuläre Begebenheiten ins Absurde oder ergeht sich in literarischen Persiflagen und purer Sciencefiction. Der Muff dröger Authentizität, das Nacherzählen langweiliger Schlafsackgeschichten und Drogenerfahrungen, wie man es aus Lesereise-Tagebüchern sonst kennt, wird somit beinah vollkommen vermieden.« Die Erstausgabe war bald vergriffen. Zeit für eine »Kritische Ausgabe«! Die Germanistin Jelenia Gora hat Friebes Wochenendnotate ergänzt und, wo es nötig war, korrigiert. Sie bietet schließlich noch einen editorischen Apparat an, in dem sich Vorstudien und Briefe finden. Kurz – das tolle Buch ist noch unterhaltsamer geworden!

Jens Friebe wurde 1975 geboren, er ist Musiker und Autor und lebt in Berlin. In den vergangenen Jahren erschienen seine Alben »Vorher Nachher Bilder«, »In Hypnose« und »Das mit dem Auto ist egal, Hauptsache dir ist nichts passiert«. Er gilt völlig zu Recht als Popstar.

Jens Friebe

52 Wochenenden

Kritische Ausgabe

Mit Texten von Dietmar Dath und Linus Volkmann

VERBRECHER VERLAG

Arme Meister, arme Schulen, eine sehr arme Wissenschaft. Doch wenigstens waren sie treu und daher in der Lage, die Kunst innerhalb einer derart mittellosen Zivilisation über dem Niveau absoluter Verrohung zu halten.
Georges Duby: Die Zeit der Kathedralen. Kunst und Gesellschaft 980–1420

I started to think incessantly of drinking human blood. The second thing that brought me back (...) was the sudden presence near me of a band of young rock singers who called themselves Satan's Night Out.
Anne Rice: The Vampire Lestat

Nachts um eins, der Kudamm ruft
Rocko Schamoni: Berlin Woman

Erste Auflage
Verbrecher Verlag Berlin 2009
www.verbrecherei.de

Einband: Sarah Lamparter, Büro Otto Sauhaus
Satz: Christian Walter

ISBN: 978-3-940426-22-2

Printed in Germany

Der Verlag dankt Christine Bawaj, Heike Joswig, Dietmar Dath und Linus Volkmann.

EINS

Stolz und Zuversicht schmückten wie erbeutete Edelsteine die halb asiatischen, halb kaukasischen Züge des Mädchens, das auf seinem Pony durch die endlosen Steppen der Mongolei ritt. »Das stellst du dir bestimmt auch geil vor mal mit einer waschechten Amazone, was!?«, sagte Julian und kumpelte mir mit dem Ellenbogen in die Seite. »Ich muss mich darüber wundern, Julian, dass jemand, der mich so gut kennt wie du, und der dazu noch in Gender-Studies doziert, meine ehrliche Andacht anlässlich der Knochenfunde, die nicht nur den Wahrheitsgehalt des Amazonenmythos sondern auch die direkte Verwandtschaft dieses mongolischen Teenagers mit einer jener sagenhaften Kriegerinnen belegen, so gemein ins Sexuelle ziehen kann.«, sagte ich. Sinngemäß. In Wahrheit wusste ich natürlich, dass der scheinbare Widerspruch zwischen Julians Hauptfach und seiner Reaktion letztere bereits erklärte. Sie war der Niesreiz in seiner vom Erschnüffeln symbolischen Scheiterhaufenqualms laufenden Nase. Mit der deutete er nun wortlos und fein auf die 23:12 unter dem Phönix-Logo, was hieß: Aufbruch! Genug mit trashigem Bildungsfernsehen. Es gibt eine Party!

Der Weg nach Kreuzberg war weit, und die Pferde schnauften zum Gotterbarmen, da sie durch den Schneematsch kaum die Equipage vorwärts bekamen, die bald schlingerte, bald stecken blieb. Doch nach etwa einer Stunde, als wir fast schon den Glauben an eine heile Ankunft verloren hatten, machte es »brrr« und wir waren da.

An der Tür empfing uns die Rösinger. Sie war vor einer runden Zahl von Jahren Christiane getauft worden, und ließ sich deshalb feiern, für ihr Wesen und ihr Werk. Ihr Werk, das sind Lieder – Lieder, die sie früher für die Lassie Singers, danach für Britta geschrieben hat, über Stammbars und Trauer, Hunde, Faulheit, Unrecht und Pärchen, Lieder von zarter Beseeltheit und grobem Spott. Ihr Wesen ergibt sich daraus.

An diesem Abend stand die Rösinger unter dem starken Eindruck der Lektüre eines Briefwechsels zwischen Mozart und seiner Schwester. Vor allem die Derbheiten, mit denen das Genie die Mitglieder des Adelstands versah, hatten sie so begeistert, dass sie uns Gäste nur noch mit dämlichen, der Korrespondenz entnommenen Schmähnamen ansprach. Mich nannte sie zum Beispiel »Graf Sauschwanz«, ein armes kleines verstrubbeltes Mädchen, dass angeblich zu oft aufs Klo musste, »Gräfin Brunzgern«. Daraufhin versuchten auch die Gäste selbst sich komische Namen füreinander auszudenken, aber wegen der allgemeinen Charmanz oder Feigheit kam es nur zu harmlosen, sogar schmeichelhaften Wortspielen, so etwa »Verrisselmann« für die Kritikerin Riesselmann und

»Glamourösinger« für die Gastgeberin selbst. Diese war bald gelangweilt und zettelte eine Polonaise an, bei der ich durch Zufall vorne landete, allerdings nur als Strohmann. Die eigentlichen Befehle bellte die Rösinger von hinten: »Auf den Balkon!«, »Ins Schlafzimmer!«, »Ins Treppenhaus!« und so weiter.

Dabei stellte sich bald, vielleicht auch wegen des Sekts, Sektlaune ein, und bei einigen von uns ein Bewegungsdrang, für den der Rahmen Privatparty zu eng war. Wir brauchten eine Disko. Der Mond, so meinten die Schwestern Trixi und Sonja, stünde im Haus des Lehrers[1]. Also ab ins »Weekend«.

Der Fahrstuhl in den zwölften Stock kostete den Besucher acht Euro. Zu viel für eine normale Disko – aber nicht zu viel, um Berlin aus einer Perspektive zu sehen, die einem erlaubt, sich als alliierter Bomberpilot zu fühlen, der unsere Eltern bei dröhnendem Subbase (= Düsenmotor) von den Nazis befreit. Etwas die Augen zukneifen muss man beim Blick aus dem Fenster aber schon, sonst stören die stalinistischen Prachtbauten das Bild.

Es war einiges los, auch Armin von Milch[2] war gekommen – echter verarmter Elektro-Adel. In aller Kürze hier seine Geschichte: Unter dem Namen Milch wurden Armin und sein Partner Anfang Mitte der 90er als die neuen Pet Shop Boys gehandelt. 96 tauschte er den Partner gegen eine Partnerin und erfand mit ihr das 80s-Revival. Wegen finsterer Intrigen lag ihre Platte »Sozialpark« vier Jahre auf Eis, um dann 2000 bei einem kleinen vertriebsschwachen Label fast heimlich zu erscheinen. »Danach bin ich Gruftie geworden«, pflegt von Milch immer zu sagen. Ich allerdings glaube, dass eine gewisse hauseigene Dämonie ihn schon immer umgeben haben muss.

Kennengelernt habe ich ihn vor vier Jahren, als er so freundlich war meine erste Platte zu produzieren. Wir arbeiteten in seiner Wohnung, in der es immer ein paar Grad kälter war als draußen. Und draußen war es wirklich sehr kalt. Zu jener Zeit war auch der Kannibale von Rothenburg in aller Munde, täglich las man von der Gerichtsverhandlung. Armins glühendes Interesse für den Fall und die Tatsache, dass der Kannibale in der BZ immer »Armin M.« genannt wurde, machten mir Angst. Die Freude über die fertige Platte als solche konnte ich später nie ganz von der Erleichterung trennen, nicht gegessen worden zu sein.

In Bezug auf Armins Aussehen fiel mir nun, da er mit einem Whiskeyglas neben mir stand und über den »Bread and Butter-House« im »Weekend« herzog, zum ersten Mal die Ähnlichkeit mit dem Männchen auf, das früher immer auf Steckdosen in Hotelbadezimmern abgebildet war: ein kleines Teufelchen, dass sich mit abgespreizten Fingern rasierte. Keiner der Umstehenden wollte mir Recht geben, keiner kannte überhaupt das Männchen. Ich hätte mir das vielleicht alles nur eingebildet. Wie um die Unzuverlässigkeit menschlicher Wahrnehmung zu illustrieren, erzählte mir Trixi folgende Jugenderinnerung: »Als ich Punk war, hatte ich eine Ratte. Ich hätte eigentlich nie eine haben dürfen, denn meine Mutter hasste Ratten wie sonst nichts auf der Welt, sie hatte panische Angst vor Ratten. Ich erzählte ihr aber einfach, das wäre eine Maus. Das hat sie nicht nur geglaubt, sie hat das Tier richtig ins Herz geschlossen, und immer zum Arzt gebracht, wenn es mal Schnupfen hatte.« Diese Geschichte nahm ich dankbar mit in den großen Bruder vom Sarg, das Bett.

ZWEI

Staub hatte sich auf dem Pazifik angesammelt. Ich nahm ein Swiffer aus der Box und wischte den Globus ab, auch die Sowjetunion und die Tschechoslowakei, irgendwie rührend, als würde es was nützen. Was für ein seltsamer Traum[3] das vorhin gewesen war: Ein Menschenexperiment. Eine kleine Modellgesellschaft, deren Mitglieder weiße Overalls trugen und dazu angehalten waren, stets in einem völlig neutralen Ton miteinander zu reden. Zur Übermittlung von Emotionen bekam jeder eine kleine Trommel mit Farbnäpfen und eine Kelle. Es gab eine wütende Farbe, eine geschmeichelte Farbe, eine gelangweilte Farbe usw. Die jeweils passende teilte man per Kelle dem Overall des Gesprächspartners mit. So trug jeder das Muster seiner sozialen Resonanz spazieren.

Noch im Schlafsuff schien mir die Idee grandios. Doch jetzt – während ich auch noch den Laserdrucker vom Staub befreite und das Hochfahrgeräusch des Computers Brillanz spendete – war sie nur noch eine fern und schwach zirpende Grille. Fort damit, her mit handfesten Infos. Was gab es Neues im Posteingang an Fakten, Zahlen, Angeboten und Nachfragen? Ah, mein Booker hat die Tour für Februar / März fertig gebucht, sehr gut. Oh, und Ende Februar hat er keine Daten gekriegt, weil NRW gelähmt ist vom Karneval. Das ist nicht gut. Schrecklicher Karneval! Fünf Jahre habe ich in Köln gelebt und gelitten unter diesem Fest. Beim ersten Mal habe ich sogar mitgefeiert und fand es lustig – noch ganz die naive Touristensicht aufs Geschehen. Ist doch sympathisch, dachte ich, ein paar Tage im Jahr schon morgens betrunken und schwul angemalt. Und ab Aschermittwoch ist dann wieder Ruhe bis zur nächsten Weiberfastnacht. Aber so ist es ja leider nicht. Karneval ist für die Kölner kein zeitlich begrenztes Ereignis, sondern das Zentrum ihres Denkens, eine alles bestimmende fixe Idee, wie der Abschlussball für junge Amerikaner, der stinkende Stockfisch für Portugiesen oder die Beschneidung für die westafrikanischen Dowayos.

Einmal wurde im August – also ein halbes Jahr vor Karneval – bekannt, dass der Zug im nachfolgenden Jahr nicht, wie gewohnt, von der Süd- in die Nordstadt, sondern von der Nord- in die Südstadt laufen würde (oder umgekehrt?). Die Lokalpresse drehte durch, und jeder Verkäuferin und jedem Taxifahrer hatte man Rede zu stehen, was man davon hielt, dass jetzt der »Zoch anders eröm« zöge. Ich glaube in jenem

Spätsommer wurde mir klar: Ich muss die Stadt verlassen.

Und jetzt, fünf Jahre später, holte mich Karneval wieder ein, und schlug ein dummes, teures (jeder Off-Day kostet Wagenmiete und Logis) Loch in meine Tour.

Deren Sabotage fing allerdings schon am Abend zuvor an. Schauplatz war der »Privat Club«, eine Art Partykeller unter der gutbürgerlichen Kreuzberger Gaststätte »Markthalle«, sozusagen dessen verdrängtes Unbewusstes. Auch Chris Imler war da, den Älteren, die noch in der »Galerie Berlin Tokyo« zu verkehren das Glück hatten, bekannt als Schlagzeuger der legendären »Golden Showers« – mir vor allem bekannt als mein eigener Schlagzeuger.

Er sah blendend aus im Schein der an die Wand des »Privat Club« geworfenen Mangas, ein Mann auf der Höhe seines Styles. Er brach die Modesprache des Rock, die er noch aus seiner Jugend in den 70ern fließend beherrschte, so gekonnt und behutsam mit Schnittmustern des Hip Hop und New Wave sowie mit fernöstlichen Accessoires, dass seinen Assembles trotz ihrer Eklektik die selbstverständliche Eleganz von Klassikern eigen war. Zusätzlich gaben ihm sein dünner, rabenschwarzer Schnurrbart und seine dunklen, durchtrieben funkelnden Augen das märchenhaft zeitlose Aussehen eines Zauberers. Wir küssten uns. Wir fragten: »Wie geht's?«, und wir fragten »Und dir?«, und als ich ihn fragte, ob er die Termine für die Tour gekriegt hätte, wusste ich, dass was nicht stimmt, denn Chris machte das Gesicht, von dem er, glaube ich, dachte, dass man ihm, wenn er es machte »einfach nichts übel nehmen« könne. Und leider hatte er damit etwas Recht. Er rückte raus: »Jens, ich weiß, dieser Gig in Lüdenscheid ist dir wichtig, weil es deine Heimatstadt ist, Nostalgie und so. Aber als ich sagte, ich kann da, habe ich vergessen, dass ich da dieses Benefiz organisiere, weißt du, wo der ganze Erlös dem Staat gespendet wird. Ach ja, und am Tag danach, wo du, also eigentlich wir ..., also wo das Hamburg-Konzert sein soll, da spiele ich schon in einem Musical mit. Als Wurst verkleidet.«

Ich dachte nach. Nicht darüber, wie ich ihn von all dem Anderen, das mit mir konkurrierte, abbringen konnte – die Schlacht gab ich fürs Erste verloren – sondern darüber, wie man das, was ich als Chris Imlers Basisdilemma begriff, lösen könnte. Schließlich richtete ich diese Worte an ihn: »Chris, du bist ein sehr beliebter Mann. Alle wollen was von dir, deine Ideen, deine Schlagzeugkunst, den Duft deiner Haut. Und du, du kannst niemandem nein sagen. So entstehen nicht nur Konflikte zwischen den Versprechen, die du anderen gibst. Vor allem für dich selbst fehlt dir Zeit und – ich weiß nicht, ob es dir selbst schon aufgefallen ist – Geld. Nun meine Idee: Statt einer normalen Nummer lässt du dir eine 0190-Nummer geben, sodass jeder, der mit dir sprechen will, automatisch an dich zahlt. So werden die weniger wichtigen Anliegen ausgesiebt, was dir etwas mehr Ruhe verschafft, und die, die sich nicht abschütteln lassen, sanieren dein Leben.«

Kurz dachte ich, ich hätte eine gute Idee. Doch dann legte der DJ Sigue Sigue Sputnik auf, und ich wusste wieder, wie sich wirklich gute Ideen anhören. Au, Mann, »Love Missile F 1-11«. Die Geburtsstunde des Punk. Kam mir 86 zumindest so vor. Ach, noch mal 10 sein und alles machen können!

DREI

Schnee ist gefallen. Nun ist die Erde weiß, als wäre sie eine riesige, vereiterte Eichel, und überall stirbt die primitive alte Sau von Natur. Doch warte nur, schon bald wird sie erwachen und in ihrem neuen Kleid, grün wie Pennerkotze, angeschissen kommen.

Angespannt las ich in meinem Notizbuch, was ich tags zuvor geschrieben hatte. Das war stark, ohne Zweifel, verdammt gutes Zeug. Aber war es stark genug für meine große Aufgabe? Würde es reichen, mich als Pionier an die Spitze des Social Beat[4] Revivals 2007 zu setzen, das ich in allen Fibern meines seherischen Übersinns heraufkriechen spürte? War das überhaupt richtig Social Beat, was ich da geschrieben hatte? An den Originalschauplätzen der Bewegung, den Ostberliner Lesebühnen der Nachwendezeit, war es irgendwie anders zugegangen. Die dort vorgetragenen Texte hatten immer drinnen gespielt, in asozialen Wohnungen. Die Protagonisten tranken Tütenwein und hatten möglichst ekelhaft beschriebenen Sex. Hing der Dichter der fantastischen Richtung an, durften Außerirdische auftreten und zum Beispiel Ektoplasma auf die weibliche Hauptfigur spritzen. Aber Naturlyrik war da nicht vorgesehen, auch nicht, so meine bange Sorge, wenn man sie mit Gott weiß was für Schweinskram pimpte. Durfte man, quälte mich bereits die nächste Sorge, überhaupt so fragen, musste man nicht einfach den ganzen Wortschleim aus dem Innern am Gehirn vorbei hochwürgen, und ihn mit einem satten Schmatz dem Leser ins Gesicht speien? Und war das nicht grade eine Metapher? Benutzten Social Beatles so was? Achachach, ich war wirr.

Doch es gab Hoffnung auf Heilung, würde ich doch an diesem Tag dem großen Aufklärer Dietmar Dath begegnen. Von fern bewunderte ich ihn, seit ich »Sie ist wach« gelesen hatte – eine luzide und leidenschaftliche Liebeserklärung an die Fernsehserie »Buffy the Vampire Slayer«. Er interpretierte sie als Mythos vom emanzipierten Menschen und seinem Kampf gegen den Rücksturz ins Dunkel einer archaischen Ordnung. Seitdem habe ich mich nicht getraut »Buffy« zu gucken, zu groß war die Angst, die Serie würde nicht halten, was der Text versprach. Und nie hätte ich zu hoffen gewagt, selbst mal dem Ausnahmebewusstsein Daths als Inhalt zu dienen. Dementsprechend groß waren mein Staunen und mein Stolz, als seine Besprechung meiner ersten Platte in der FAZ erschien. Was er über mich schrieb, war völlig unverständlich, fast an der Grenze zur Geisteskrankheit, aber das störte mich nicht. Es mehrte im Gegenteil das Geheimnis der Verbindung, die aber in der Folgezeit durch flüchtige Begegnungen immer weniger geisterhaft wurde, und sich schließlich vollends in Form seiner Anfrage materialisierte: Ob ich Lust hätte, Musik zu machen, wenn er und Daniela Burger auf der Reeperbahn ihre Ausstellung eröffnen, und ob ich ihn dann auch gleich von Berlin aus mitnehmen könnte. Natürlich wollte ich, denn meine Seele war voller Nebel, den Dath wegsonnen sollte.

Dath trug eine Buffy-Kappe, einen Sechstagebart und eine Brille, die seinen Blick kleinäugig und starr wirken ließ wie den eines Radikalen unbestimmter Couleur, Typ General Strellnikov aus Dr. Schiwago. Vielleicht hätte dieser Aspekt seiner Aura, wären wir allein gewesen, sogar Anlass zu einer Beunruhigung gegeben. Aber das waren wir nicht gewesen. Meine Schwester, ihre Freundin und Julian hatten sich ebenfalls ins Auto eingeladen. Auch sie wollten die Chance nutzen, sich an das Urteilskraftwerk Dath anzuschließen. Jeder von ihnen hatte Fragen notiert: »Wie sollen wir leben?«, fragte Julian, »Was können wir wissen?«, fragte meine Schwester, und zuletzt ihre Freundin »Was dürfen wir hoffen?« Dath antwortete prompt, musste aber etwas ausholen. Für jede Antwort brauchte er eine Stunde, und bevor ich mein Problem auch nur ansprechen konnte, entfaltet sich vor uns die schmutzige Pracht der Reeperbahn mitsamt der Galerie.

Die Ausstellung hieß übrigens »Musik für Taube«. Daniela Burger hatte Plattencover zu Platten entworfen, die es gar nicht gibt, von Bands, die es teilweise auch nicht gibt. Dath hatte dazu fiktive Rezensionen geschrieben, zum Beispiel einen Verriss der Platte »Jenseits von Hinten« von »Blautkreid«, auf deren Cover debile Hippies beim Picknick saßen. Der hiermit subtil über eine ehrwürdige Hamburger Band gegossene Spott sei aber »good natured«, versicherte Dath, bevor er mich wenig später ansagte: »Und nun wird der von uns frei erfundene Sänger Jens Friebe ein paar Lieder spielen.«

Ich selbst verstand kaum, was ich sang, denn die Anlage war winzig, und der ganze Raum war voller Leute mit dicken Pullovern, in denen sich die Töne verfingen. Auf St. Pauli schlucken die Kunstärsche Schall wie die Nutten Sperma, dachte ich. Oh, das war gut. Ach, aber wieder eine Metapher. Oder ein Vergleich? Mist, verspielt!

Nach dem Auftritt verabschiedete sich Dath, er müsse sofort ins Hotel, um dort ein Buch zu lesen oder zu schreiben. Nun war ich allein, die anderen waren schon in ein Restaurant mit einem völlig uneinprägsamen Namen verschwunden. Ich stellte mich auf ein paar einsame warme Biere ein, als mich ein kleines lallendes Mädchen mit Brille ansprach: »Hallo, fand ich gut deine Lieder. Und passten gut zu den Bildern irgendwie. Ich bin übrigens auch Künstlerin. Ich mache Fotos. Ich fotografiere alles, was ich trinke. Das zum Beispiel habe ich vorhin geschossen.« Sie tippte auf ihrem Handy herum, bis das gewünschte Bild auf dem Display erschien, dann hielt sie es mir hin: ein Schnapsglas, über dessen Rand jemand aus Versehen einen Fisch gehängt hatte. »Das ist ein Bommerlunder mit einer milden Sardelle drin. Man nennt es ›Schlappschwanz‹.« Tief schaute ich der Fotografin, nein, der Verbündeten in die Augen und fragte: »Haben sie 2007 schon was vor?«

VIER

Soeben erreichte mich folgende, offensichtlich auf meinen Text von letzter Woche Bezug nehmende, Zuschrift: »also die jeschichte gloob ick nich. die olle hatte nich wirklich n fisch im dring. ick meen, die hamburger spinnen, dit weeß ick, aba fisch im dring??? und wat machtse nu 2007? da würde die geschichte ja mal interessant werden und, wat überhaupt is mit meinen bauhaus dingern? tüte! meld dir – dein hans«

Lieber Hans. Dazu drei Dinge: 1. Doch, die Fotografin hatte tatsächlich einen Fisch im Drink. 2. Keine Sorge, um die »Bauhaus«-Karten kümmere ich mich, und 3.: Obwohl der Stil deines Briefes mich zur Hoffnung berechtigt, mit meiner Idee vom Social-Beat-Revival fruchtbaren Boden[5] einzurennen, habe ich mich umentschieden: Ich will jetzt doch nicht mehr helfen, das Ding anzuschieben. Klar geworden ist mir das Samstag um 13:04 Uhr, als ich, hin und her gerissen zwischen Übelkeit und Durst, im Bett lag. Was die beiden – ansonsten ja auch oft unwillkommenen, aber wenigstens einander nicht im Wege stehenden – Sensationen Durst und Übelkeit in diesem Fall zu Bausteinen eines Dilemmas machte, war eine in der Nacht zuvor bei »Ali Baba und die 40 Hähnchen« gekaufte Mineralwasserflasche, die widerlich nach altem Fett roch. Die Sache war klar: Trank ich nicht, brannte mein Mund wie Feuer, trank ich von der fettigen Flasche, musste ich kotzen. Und als ich da so lag und traurig abwog, sagte ich zu mir selbst: Mensch Jens, vielleicht überlässt du das literarische Suhlen in derartigen Zuständen doch lieber anderen. Und deshalb werde ich auch jetzt nicht weiter auf den mazedonischen Rotwein mit Schwipp Schwapp eingehen, sondern vom vorangegangenen Freitagabend so berichten, als hätte ich ihn bei vollem Bewusstsein erlebt.

Sei mein plus eins, sagte Trixi zu mir (auch kein schlechter Schlagerrefrain). Gemeint war, ich sollte zum Konzert von Erdmöbel und Nils Frevert in der Volksbühne mitkommen. Seit Trixi ihre Riot Girl Band aufgelöst hat – seit es in Deutschland also keine mehr gibt – versucht sie sich den Musikjournalismus abzugewöhnen, der sie von größerem Neuem doch nur abhält. Aber das Schmeicheln der Redakteure ist süß wie Honig, und der Hunger treibt's rein, das kleine blonde Mädchen, in die Interviews, in die Plattenkritiken, oder jetzt zum Beispiel mit mir in die Volksbühne. Gibt doch Schlimmeres. Obwohl, irgendwie ist es immer komisch in diesem alten, ostigen Theaterviech. Auch wenn Schlingensief hier mit Irm

Hermann Geschlechtsverkehr simuliert oder eine wüste Rockband spielt, wird man nie das Gefühl los, man säße in der kalten Aula seiner Schule, und würde darauf warten, dass ein alter Mann ans Pult tritt, um durch ein scheppperndes, fiependes Mikro zu sprechen.

Jetzt aber kam erst mal Nils Frevert. Die Band »Nationalgalerie«, mit der er in den Neunzigern bekannt wurde, fanden wir damals praktisch unbesehen indiskutabel. Denn wann immer irgendwelche Volldeppen sich über die »Studentenscheiße« der Hamburger Schule beschwerten, kam irgendwann der Satz: »Die einzige coole Hamburger Band ist noch Nationalgalerie.« Das wird schon ein schöner Bluesrock sein, dachte man da. Zu Recht? Keine Ahnung.

Was Frevert allein zur Gitarre sang, war jedenfalls schnoddrig und schön und unaufdringlich anrührend. Regelrecht toll war die Coverversion eines mir vorher unbekannten Lindenberg-Liedes, in dem sich ein Mann darüber beklagt, von Frauen immer nur wegen seines Körpers geliebt zu werden. Nur Freverts Ansage, das Stück sei zwar frauenfeindlich, aber immerhin von Anette Humpe geschrieben, störte. Was sollte frauenfeindlich daran sein, Rollenklischees von Begierde umzudrehen? Und wenn er es für frauenfeindlich hielt, wieso sang er es dann? Und warum regte ich mich künstlich drüber auf? Vielleicht, weil ich dachte, dass viele kleine Leute an vielen kleinen Orten, die viele kleine diffus wohlmeinende Begriffsverwirrungen produzieren, die Welt ein bisschen schlechter machen?

Dann waren die »Erdmöbel« dran. Deren oft gespieltes Lied »Dreierbahn« hatte ich früher immer für ein Sandwichlied gehalten, à la »Liebe zu Dritt« »L' Amour à Trois«. Aber im Gesamtkontext des Liederabends schien es mir eher um ein Vater-Mutter-Kind-Dreieck zu gehen.

Kurz bevor die Bestuhltheit ihren Siedepunkt erreichte, verließen wir die Szene. Wir sollten noch einiges erleben an diesem Abend. Ein Mandolinenorchester im Festsaal Kreuzberg stand uns bevor und eine volkstümliche Kneipe in der Dresdener Straße. Wie ein Spielsüchtiger soll ich dort vergeblich Geld in eine Jukebox geworfen haben, um »Grace Kelly« zu hören. Auch habe ich einem jungen Mann aus Namibia behilflich sein wollen, indem ich ihn wieder und wieder darauf hinwies, sein Freund sei »komplett verrückt« und müsse in die Klinik. Aber die Quellen liefern kein genaues Bild der Vorgänge, und vieles ist bis zum heutigen Tag widersprüchlich.

FÜNF

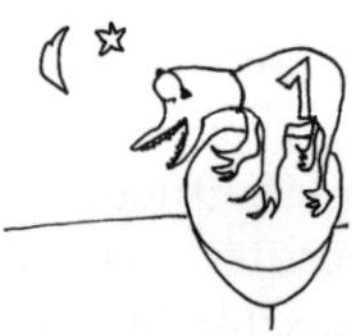

Es wäre kaum möglich gewesen, im Jahre 1980 einem Menschen zu erklären, was die Agentur meiner Schwester eigentlich macht. Ehrlich gesagt ist es auch heute noch schwer genug. Aber ich will es mal so versuchen: Die Zentrale Intelligenz Agentur ist ein kapitalistischsozialistisches Joint Venture mit dem Anspruch, neue Formen der Kollaboration zu etablieren. An der Schnittstelle von Journalismus, Wirtschaft, Wissenschaft und Kunst entwickelt die Zentrale Intelligenz Agentur eigene Projekte. Daneben unterhält sie permanente Kooperationen mit Forschungsinstituten sowie diversen Kommunikationsagenturen und Religionen.[6]

So wenig wie die Künstlerin ihre Kunst kann meine Schwester ihr Treiben an der Schwelle eines Feierabends abweisen, denn nahezu alles, jede scheinbar noch so persönliche Neuigkeit, ist zappelndes Spinnenfutter im Informationsnetzwerk ihrer Organisation. Bisher genoss meine Schwester die Identität zwischen Leben und Aufgabe, doch in letzter Zeit bemerke ich bei ihr immer öfter Zeichen eines leisen Überdrusses an sich selbst als ihrer eigenen besitzergreifenden Arbeitgeberin.

Neulich kam ihr sogar die fixe Idee, sie brauche ein Hobby. »Aber du hast doch viele Hobbys«, sagte ich zu ihr, »du machst Aerobic, du gehst ins Kino, du liest.« – »Nein, du verstehst mich nicht«, sagte sie, »das sind doch alles Sachen, die auch wieder indirekt für irgendwas anderes gut sind. Sport mache ich, damit ich in den Meetings mit meiner geilen sterblichen Hülle Eindruck schinde, Bücher und Filme sind nötig, um das gebriefte Stück zu bleiben, als das man mich kennt und bezahlt. Ich brauch was ... völlig Unnützes wie Baumwolle pflücken oder so.«

Am nächsten Tag bestellte sie auf Ebay zwei Bonsaibäume und redete sich ein brennendes Interesse für das Thema ein. »Das ist Wahnsinn, Jens«, sagte sie, während sie in einem Bonsaibuch blätterte, »die große Welt im Kleinen, das Ergebnis einer übermenschlichen botanischen Anstrengung. Kannst du dir vorstellen, wie viele Generationen von Chinesen an dieser perfekten Miniatur der Eberesche züchten mussten? Hier, sieh dir das Foto an! Daneben steht der Eiffelturm, aus Streichhölzern nachgebaut, damit du eine Vorstellung von den Relationen hast.« Ich versuchte begeistert zu wirken, denn ich wollte ihr diesen Moment nicht zerstören, in dem sie glaubte, es könne wirklich einen heiligen Fleck in ihrem Leben geben, eine Insel im Meer der Verwertbarkeit, auf der im Schatten eines kleinen Bonsaibäumchens unschuldig und selbstvergessen eine Leidenschaft wächst.

Ich gehe davon aus, dass die ganze Bonsai-Sache bereits ausgestanden ist, denn als meine Schwester letzte Woche in den Skiurlaub fuhr, bat sie mich keineswegs, ihre Bäumchen zu gießen, sondern lud mich ein, nachzukommen auf ihr Chalet in Gstaad.

Da bin ich jetzt und spaziere zwischen den Schauplätzen unserer glorreichen Vergangenheit. Wie hat sich dieser Ort verändert! Nichts ist mehr übrig von der inspirierenden Gesellschaft aus Sportlern, Künstlern und Schauspielern, der ich das unschätzbare Glück hatte anzugehören, in dieser verrückten Zeit, als die Schluckimpfung zwar schon erfunden war, die Concorde aber noch nicht abgestürzt. Die vermutlich schillerndste Figur, mit der ich Umgang pflegte, war der berühmte Surrealist Marco Gembazki. Seine

Wachsmalereien hatten mit der sogenannten Realität wenig gemeinsam. Was er malte, waren Träume, die freilich für ihn – und für uns, die wir sie verstanden – wahrer waren als die Wirklichkeit. Seine Menschen hatten keine Oberkörper, ihre Beine waren direkt mit den Köpfen verbunden. Seine Häuser waren schief und expressiv koloriert. Sein Markenzeichen war die berühmte Gembazki-Sonne, die stets nur zu einem Viertel am oberen linken Bildrand zu sehen war. Eines Winters veranstaltete er eine Performance. Lange stand er nur still da. Wir starrten gebannt, und man hörte nichts als unseren dampfenden Atem. Plötzlich sank er nach hinten in den Schnee, hob die Arme und ließ sie ein paar Zentimeter neben ihrem ursprünglichen Ort wieder fallen. Das Ganze wiederholte er mehrfach. Dann stand der Pole auf, deutete auf den von ihm geschaffenen Abdruck und rief unter dem Jubel aller aus: »Voilà! Ein Engel!«

Leider muss ich im Nachhinein sagen, dass das, was wir damals für den Beginn einer spektakulären Laufbahn hielten, in Wirklichkeit schon deren Höhepunkt war. Sämtliche Arbeiten Gembazkis, die nach 82, dem Jahr seiner Einschulung, entstanden, wiesen einen Akademismus auf, der dem Wesen seines anarchischen Frühwerks fremd, ja geradezu feindselig gegenüberstand.[7]

Ich widmete mich damals vor allem dem Sport und der Liebe, einmal sogar beidem zugleich. Es war bei einem Rodeltörn mit Bernadette Pohl, die damals als »Schogettenmädchen« Furore machte (die später allerdings schnell vergessen wurde, da sich ihr Konterfei nicht so lange auf dem mit ihr verbundenen Produkt halten konnte wie das Günter Euringers auf der Kinderschokolade). Noch heute läuft es mir wie Feuer und Eis über den Rücken, wenn ich daran denke, wie wir uns minutenlang voller Leidenschaft küssten, und so die Kontrolle über den bergab rasenden Schlitten aufgaben, in Kauf nehmend – vielleicht sogar wünschend – dass unser Leben in diesem Moment größten Glücks sein Ende an einem Eisbrocken fände.

Als Skifahrer war ich ein Tänzer. Mein Stil, dem man auch auf den schwierigsten Hängen nicht die geringste Verbissenheit anmerkte, war in seiner Mischung aus Eleganz und Energie ein dem Geiste unserer Kreise dargebrachtes Gedicht in Bewegung. Den vollendeten Niedergang dieses Geistes kann man gut an einer scheinbar harmlosen Neuerung im Ski-Sport festmachen, dem »Carving-Ski«. Das früher obligate Belasten des Talskis ist hier nicht nur unnötig, sondern sogar unerwünscht. Das erleichtert Anfängern den Einstieg, zwingt einen aber, da man nun gleichen Druck auf beide Skier garantieren muss, in die Knie. Man findet sich in einer affigen Halbstarkenpose wieder, und statt einem Gedicht in Bewegung gleicht man DJ Ötzi beim Kacken. Ach, Körper und Charme, wann habt ihr euch getrennt? George Best, warum musstest du sterben?

SECHS

Leute, die woanders leben, denken oft, dass Leute, die in Berlin leben, denken, ihre Stadt wäre die allergeilste, und in der Provinz ginge gar nichts. In Wahrheit ist es aber so: Berlins Bewohner denken gar nichts über die Provinz, und Berlin finden sie auch nicht geil, sondern, im Vergleich mit Berlin früher, scheiße.

Am Freitag begleitete ich die Gruppe Britta nach Neumünster, wo sie anlässlich der Verleihung des Hans-Fallada-Preises an Iris Hanika spielen sollten. Britta-Bassistin Dr. Miess hatte mich gefragt, ob ich mitkommen wollte, weil es mit mir immer so nett sei und, naja, auch ein bisschen wegen dem Auto. Ich kam mit, weil ich die Lieder der neuen Platte live hören wollte, Lieder, die eine von mir lang gehegte und gerne rausposaunte Überzeugung ins Wanken brachten. Die ging etwa so: Songtexte sind Poesie und Poesie braucht Bilder.[8] Kämpferische Poesie braucht Kämpfe, da sie sonst unbebildert, also unpoetisch wird oder nostalgisch und albern. Ich konnte ja nicht wissen, dass man auch so simpel und zwingend den Hauptwiderspruch besingen kann wie Rösinger: »Höhere Töchter, bessere Söhne, eure ganze Schicht/ihr denkt, ich kann euch leiden, aber ich verzeih euch nicht.« Toll. Wenn auch ein bisschen gegen mich.

Die Preisträgerin, übrigens eine gute Freundin Rösingers, war dem Publikum sowie der Jury unter anderem durch ein Buch namens »Das Loch im Brot«

merkwürdig geworden. Ich hatte dagegen, als wir in der Neumünsteraner Stadthalle ankamen, ein Loch in der linken Arschtasche. »He, du hast ja da ein Loch in der Hose! Pass auf, dass da nicht dein Portemonnaie rausfällt«, begrüßte mich gleich mit der erfrischenden Wahrhaftigkeit, für die man in Filmen stets Kinder einsetzt, ein graubärtiger, vage zuständiger Mann. Mir stellten sich folgende Fragen: Hat der Mann nicht gesehen, dass ich in der kaputten Tasche gar kein Portemonnaie trug? Wollte er mich mit seinem Hinweis davor warnen, eins hineinzustecken? Oder war das Portemonnaie nur ein McGuffin für eine kleine, das Eis brechende Frechheit? Würde der Mann mich, hätte er mich der Literatur und nicht der Musik zugeschlagen, auch geduzt haben? Und hätte er das Loch in der Tasche thematisiert? Ich beantwortete die Fragen mit doch, nein, ja, nein, nein, fügte aber für mich hinzu, dass es sich hierbei um eine verzeihliche, ja sogar fast liebenswerte Gedankenlosigkeit handelte, und dass ein Literat auch einfach kein Loch in der Hose gehabt hätte.

Ich und vor allem die Band behielten diese Art Positive Thinking im weiteren Verlauf des Abends bei. Auch als wir am Katzentisch aßen und uns danach zur von keinem Schluck Bier oder Wasser benetzten Garderobe durchfragten. Die Strategie ging auf und am Ende wurden wir mit unendlich vielen Litern Freischorle und der Achtung aller begossen. Die MusikerInnen von Britta waren einfach die Chefs und verbreiteten eine volksfestartige Ausgelassenheit. Deutschpunk-Klassiker und Kirchenlieder wurden gesungen. Wenn es noch etwas hemmungsloser geworden wäre, hätte ich dem Laudator Wilhelm Genazino eventuell zum Abschied Folgendes gesagt: »Ich weiß, ›Diskurs‹ ist ein wunderschönes Wort. Wer einmal seinen postmodernen Effekt geleckt hat, möchte ihn immer und immer wieder schmecken. Aber leider passt es einfach nicht immer.« Aber so beendet man keinen Abend. So beendet man nicht mal einen Text.

SIEBEN

Freitag in Fulda. Verglichen mit dem preußischen Frost wirkt der Wind, der hier durch nasse, menschenleere Straßen geht, warm. Die Turmuhr schlägt. Neunmal. Dann ist es wieder still. Nein, nicht ganz. Gedämpfte Popmusik quillt aus einem Keller unterm Jesuitenplatz. Das sind Chris Imler am Schlagzeug, Dr. Miess am Bass, Hans Narva am Mischpult und ich bin Jens Friebe, guten Abend. Wir sind auf Tour. Und haben schon einiges hinter uns.

Am ersten Tag fuhr Chris auf der Autobahn den Wagen trocken.[9] Er schimpfte. Die ferne Vergangenheit als Augsburger Straßenjunge hatte seinem Selbstbild einen Grundton verliehen, der sich mit derlei Missgeschicken biss. Also beschuldigte er Hans, ihm das Steuer des fast leeren Wagens ohne weiteren Hinweis übergeben zu haben. Sooo leer sei es auch nicht gewesen, sagte Hans. Schnell einigte man sich dann auf den beschissenen Bus als den – wegen seiner unsensiblen Tanknadel und fehlender Warnfunktion – für alles Verantwortlichen. Vor Wut schlug Chris die schwere Schiebetür zu. Die Schiebetür, in deren Rahmen ich aus lauter Zufall auch meinen Kopf hielt, auf der Suche nach dem Warndreieck. Die folgenden Sekunden waren sehr interessant. Ich dachte nicht: Ahhh, die Tür hat meinen Kopf getroffen. Nicht mal: Ahhh, mein Kopf! Ich dachte nichts. Etwas Namenloses, sehr Verkehrtes war passiert, das fühlte ich, so wie es ein Tier gefühlt hätte, mit wachen Sinnen, aber ohne Begriffe. Wie ein Tier, vielleicht ein angefahrener ängstlicher Hund, muss ich auch Chris angesehen haben, denn er wandte sich von mir ab und stellte sich als gebrochener Mann an den Rand der Autobahn. Verständlich. Immerhin würden wir, da wir schon vor dem Desaster spät dran waren, die erste Show verpassen durch seine ... durch etwas, das sich zugetragen hatte, während er gefahren war. Und außerdem war zu diesem Zeitpunkt nicht klar, ob ich nicht durch seinen Schlag für immer geistig behindert bleiben würde.

Vielleicht war es Chris' jämmerlicher Anblick gewesen, der uns den Tag rettete. Ohne den wäre Anna wohl nicht mit ihrem alten grünen Volvo von der Autobahn gefahren, hätte nicht ihr Fenster runter gekurbelt und mit einem herzerwärmenden slavischen Akzent gefragt, ob sie uns helfen könne. Ich hatte während der Szene schon wieder begonnen, die Situation zu erfassen, sogar in Worten, wenn auch noch ungrammatisch: »Beule ... Mädchen ... Mädchen helfen ... Mädchen lieb«. Will sagen, ich widme Anna dieses Kapitel.

Als wir nach dem Konzert im Karlsruher Hotel waren, erfasste uns alle eine grenzenlose Ruhe. Wir fühlten uns unverwundbar. Warum glaubt man nur immer, Unglück bringt Glück? Es stimmt doch nie. Scherben zum Beispiel. Nützen nichts. Schützen nicht. Nicht vor Krankheit. Nicht vor Krieg. Nicht vor Fulda.

Also noch mal: »Chris Imler am Schlagzeug, Dr. Miess am Bass, Hans Narva am Mischpult, und ich bin Jens Friebe, guten Abend« ... wünschte ich vergeblich. Uns ging's schlecht vom Vortag. Dr. Miess war sogar krank. Mit ihren glänzenden Augen und glühenden Bäckchen sah sie aus wie ein babylonischer Kindgott kurz vorm Erschaffen des Universums. Gegen die Halsschmerzen hatte Chris ihr einen Fanschal von Palermo geliehen, aber die 22 Spieler aka Publikum waren einfach nicht anzufeuern. Man hatte die Stühle an den Rand des Gewölbes gestellt, um den vermeintlichen Tänzern Raum zu geben, aber die hatten sich einfach auf die weniger hohen Stapel draufgesetzt. Kraftlos hallte unsere Musik im dunklen Schlund des Mehrzweckgewölbes. Jemand klatschte.

Nach dem Konzert war der zappelig-freundliche Veranstalter mit im Wagen, um uns den Weg zum Schlafplatz zu zeigen. »Das ist eine ganz süße Pension, und die Frau, die das macht, ist echt total nett,« sagte er. »Klingt echt scheiße«, sagte Chris, denn er hat in zwanzig Jahren Rockbusiness gelernt, zwischen den Zeilen zu hören. Diesmal sollte er aber zum Glück daneben liegen. Ich legte dem Doktor die Hand auf die Stirn. Kein Fieber. Zumindest kein hohes. Sie nahm meine Hand und schaute rein, konnte aber nichts erkennen. Wäre sie eine auf die sehr nahe Zukunft spezialisierte Zigeunerin gewesen, hätte sie uns unter anderem von einem ausverkauften Konzert in Frankfurt und einem verliebten Tourmanager erzählen können. Aber so schwiegen wir, zaghaft hoffend.

ACHT

Jetzt saßen wir drin im Loch, das der Karneval in unsere Tour gesengt hatte. Jeder und jede von uns war weich im jeweils eigenen Bett gelandet. Drei Tage lang würden wir liegen. Drei Tage: Das war zum Obenbleiben zu kurz und zum Runterkommen zu wenig, eine fast diabolische Pause, etwa von der Art, wie sie einem ein Nachbar gewährt, wenn er zehn Sekunden lang aufhört, in die Wand zu bohren.

Gut war das Geräusch der Waschmaschine, es gab einem das Gefühl, was zu erledigen, während man doch in Wahrheit nichts tat. Und es ahmte das aufgeputschte Grundsummen nach, das uns unterwegs begleitet hatte, und dessen ersatzloses Verstummen depressiv machte.

Ein Mal am Tag stand ich auf und sah in meinem Posteingang nach.

Nils, ein seit Jugendtagen befreundeter Forscher, schrieb aus dem Dschungel. Er beobachtet dort Epiphyten. Epiphyten sind Pflanzen, die auf anderen Pflanzen wachsen. Sie sind aber keine Schmarotzer, sie schaden den anderen Pflanzen nicht oder schlagen Wurzeln in ihnen. Sie hängen nur mit ihnen ab, aus Geselligkeit. Wie Nils selbst suchen sie Nähe, ohne zu erdrücken, wollen Unabhängigkeit ohne Distanz.

Der Brief erzählte die Geschichte einer nordamerikanischen Forscherkollegin, die aus Verzweiflung wegen ihres kranken Hundes und da ein Tierarzt im Dschungel nicht aufzutreiben war, eine Hexe aufsuchte. In ihrer Höhle oder Praxis soll es zu folgendem, hier stark gekürztem, Dialog gekommen sein (H steht für Hexe, F für Forscherin, Regieanweisungen in Klammern):

H: Warum bist du zu mir gekommen?
F: Jemand, der mir sehr nahe steht, ist sehr, sehr krank.
H: Aaah. Hmmm … Du hast vielleicht gehört: Ich reinige mit Meerschweinchen. Wir können es mit *einem* Meerschweinchen versuchen, aber ich sage dir gleich: Mit zweien wirkt es besser.
F: Ja, ja, okay. Wie viel kostet das dann?
H: 20 $.
F: Na, gut.

H: Zieh dich bis auf die Unterwäsche aus.

(F zieht sich aus. H nimmt ein weißes Meerschweinchen, klopft damit auf dem Körper der Patientin herum und schlägt es dann mit voller Wucht auf einen Stein. Sie will ein zweites, braunes, Meerschweinchen nehmen, ein leises Quieken hält sie davon ab.)

H: Uui, das Weiße lebt noch. *Das* ist ein gutes Zeichen!

(H prügelt das weiße Meerschweinchen auf dem Leib von F endgültig tot. Sie wiederholt die Prozedur mit dem braunen. Anschließend berührt sie mit einem aus der Wand gerissenen Stromkabel Fs Hand.)

BUFFF!
H: Welche Farbe hast du gesehen?
F: Äääh, hmmm, äh … rot?
H: Uh, das ist schlecht!

(H gibt F einen weiteren Stromschlag.)

TSCHAWUMMM!
H: Was hast du jetzt für 'ne Farbe gesehen?
F: Äh, so was wie blau.
H: Aaah, sehr gut. Sehr gut. Aber jetzt nimm das hier und zieh das an.

(H reicht F eine sehr altmodische und sehr große gelbe Unterhose.)

H: Und zieh nie wieder, nieee wieder diese schwarze Unterwäsche an, die du trägst. Das ist das Schlimmste was du tun kannst, schwarze Unterwäsche. Nie wieder, hörst du?!

Die Behandlung hat wohl nicht geholfen, zwei Tage später starb der Hund, schrieb Nils weiter. Ich antwortete ihm, dass die Geschichte noch an tragischer Ironie gewonnen hätte, wäre der Hund kein Hund, sondern ein Meerschwein gewesen.

Das soll aber auch reichen an Spott über die Riten der fremden Kultur, denn die jüngste Geschichte unserer Schulmedizin studieren heißt Demut studieren. Als ich zum Beispiel grad mein Fläschchen bekam, gab es eine neue Erfindung: das Miltonbad. Es war eine Wanne mit Sagrotan, in dem die Fläschchen desinfiziert wurden, damit kein Keim mehr ins Kind gelangen konnte. Kurz nachdem ich auf Brei umgestiegen war, wurde vom Miltonbad als doch eher hochgradig gesundheitsschädlicher Teufelsmaschine verlegen wieder abgeraten. Und da kann man sich doch schon fragen, was absurder ist: Meerschweinchen zur Heilung von Hunden zu zerdeppern, oder Babys von innen zu desinfizieren. Naja. Wahrscheinlich doch das mit den Meerschweinchen.

P. S.: Tja, das war mein Wochenende. Für mehr habe ich keine Zeit, denn die Pflicht ruft. Allerhand zu tun. Ich muss meinen türkischen Pizza-Lieferanten kontakten wegen der Zustellung einer »Pizza Spinato« um acht. Dann muss ich den Fernseher überprüfen und die Eier schaukeln. Die Seele baumelt auch nicht von allein. Ihr wisst ja, wie das ist. Stress, Stress, Stress.

NEUN

Wenn man sagt, eine Unterkunft sei Rock 'n' Roll[10], meint man meistens: unluxuriös, am Rande des Asozialen. Das Gegenteil davon, die Suite mit Sekt, Nutten und extra dünnen Fensterscheiben zum Fernseher rausschmeißen, wäre andererseits natürlich auch Rock 'n' Roll. Ist also, wie es das Sprichwort will, tatsächlich alles Rock 'n' Roll? Natürlich nicht. Ein gutes Beispiel für überhaupt gar nicht Rock 'n' Roll ist das Jugendgästehaus in Münster, in dem der Veranstalter uns Vieren ein 3-Bett-Zimmer reserviert hatte. Alles war karg, aber sauber, die Betten musste man selber beziehen, aber danach rochen sie nach Omo, Rauch verhinderten die Melder, und überall standen Regeln, über deren Einhaltung eine strenge Concierge wachte. In der Gemeinschaftsküche hing ein Zettel: »Bitte Namen und Abreisedatum auf die Lebensmittel schreiben«. Da hier bestimmt öfter Musiker untergebracht waren, stöberten wir ein bisschen in den Schränken. Vielleicht würden wir noch irgendwo eine Büchse Mais finden, auf der »11.02. Morrissey« stand. Stattdessen fiel Hans ein Autoquartett in die Hände. »Los, setzt euch, wir spielen!« sagte er und teilte aus.

Der Leser weiß noch nicht sehr viel über Hans. Ich glaube, dies ist der richtige Zeitpunkt, das zu ändern: Hans Narva, der Stasi besser bekannt als Hans Tomato, war seit frühester Jugend ein Geisterfahrer auf der Straße der Staatsräson. Bereits als 15-jähriger FDJler zog er sich den Zorn sowjetischer Abgesandter zu, die mit den Schülern in Ostberlin spielerisch internationale Solidarität einüben sollten. Man sang und diskutierte, und die Kinder durften Fragen stellen. Aber natürlich nicht so eine wie Hans: »Woher weiß man überhaupt so genau, dass die Amerikaner die Bösen sind und die Kommunisten die Guten? Woher weiß man, dass es nicht genau anders rum ist?« Er hatte die Frage gar nicht in provokanter Absicht gestellt, sondern aufrichtig ratlos. Aber vielleicht war es grade das gewesen, was die Apparatschicks aus der Fassung brachte: die Unschuld, mit der dieser ungepflegte kleine Junge auf dem wackligen Fundament ihres Lügengebäudes rumsprang. Jedenfalls musste Hans ins Gefängnis.[11] Als er ein Jahr später wieder raus kam, gründete er die Band »Herbst in Peking«, über die in der Aktc, dem ostdeutschen Pendant zur Spex, eventuell Folgendes zu lesen war: »Formalistischer und von westlicher Negermusik geprägte Sounds treffen auf zersetzende Lyrics. Vielleicht das nächste große Ding.

Unbedingt im Auge behalten!« Die Wirkung der Band innerhalb der DDR war groß, noch heute gibt es auf der Greifswalder Straße ein Suppenrestaurant, das eine Suppe namens »Herbst in Peking« führt. Folgenreich war auch die Schweigeminute, die die Musiker 89 für die in Peking niedergemetzelten Demonstranten einlegten. Hans musste wieder ins Gefängnis. Die Wende bewahrte ihn vor der NVA.

Natürlich hätte Hans sich vom vereinigten Deutschland fürs erlittene Unrecht entschädigen lassen können. Aber er ist ja nicht Wolf Biermann. Er wollte wirklich nichts zu tun haben mit den neuen Machthabern und deren dreckigen Almosen. Sie anzunehmen hätte aus seiner Sicht bedeutet, der Siegerjustiz sein Ja-Wort zu geben. Stattdessen gründete er die Inchtabokatables, eine absurde, experimentell-mediavale Geigenband, und wurde kurzzeitig reich. Er kaufte sich sogar ein schickes Auto, und jetzt kommt der Teil der Geschichte, von dem ich mir nie sicher bin, ob ich ihn glauben soll. Das Auto sei in der Werkstatt mit einem anderen Auto gleichen Typs vertauscht worden, sodass Hans bei einer Kontrolle ahnungslos Papiere vorzeigte, die nicht zum Kennzeichen passten. Einspruch gegen die Klage wegen Urkundenfälschung einzulegen, hatte er nicht die Zeit, denn er war mit den Geigern unterwegs. So verlor er Geld und seinen Führerschein. Klar, dass er, als seine Freundin hochschwanger ins Krankenhaus musste, trotzdem fuhr. Das zweite Mal wurde er erwischt, als er Verstärker transportieren musste. Das dritte, vierte, fünfte und sechste Mal überspringe ich. Beim siebten Mal war tiefer Winter, und Hans hatte einfach keine Lust, die 200 Meter durchs Gestöber nach Hause zu latschen (schließlich war er besoffen und schwankte schon ziemlich). Also grub er ein kleines praktisches Guckloch in die Schneedecke auf seiner Windschutzscheibe und gab Gas. Die Beamten staunten sehr, als plötzlich auf der Brunnenstraße ein kleines Iglu an ihnen vorbei fuhr. Hans musste ins Gefängnis.

Ob er alles noch mal genau so machen würde? »Na klar, ick lasse mir nicht von irgendwem erzählen, ob ich Auto fahren darf oder nicht«, so Narva heute reuelos. Und vielleicht versteht der Leser nun meinen Respekt vor diesem willensstarken und furchtlosen Mann, und dass mir sein Wunsch Befehl ist – vor allem, wenn er, wie in Münster, im Befehlston vorgebracht wurde. Auch Chris und Dr. Miess nahmen zerknirscht ihre Karten auf und begannen, sich Hubräume und Höchstgeschwindigkeiten an die Köpfe zu knallen. Kurz bevor wir uns tot langweilten, änderte Dr. Miess in einer Art verhohlenem Putsch die Regeln. Sie benutzt das Quartett wie ein Tarot-Spiel. »Diese Karte zeigt deine Vergangenheit, diese deine Gegenwart und diese deine Zukunft!« Meine Zukunft ist ein Triumph.

ZEHN

»Terminator 3« läuft im Fernsehen. Der Termiator T-800 kämpft gegen die Terminatrix T-X. Irgendwas nervt, aber was?

Na klar, die Zeitreisen. Zeitreisen nerven. In Komödien sind sie super oder bei philosophischen Familienfilmen. In Verbindung mit Action bringen sie aber immer nur ein pseudokomplexes Hin und Her in die Story, und alles wird irgendwie egal, wie bei allzu ausgiebigen Wechselbädern zwischen Wirklichkeit und Cyberspuk bzw. Traum.

Es wird übrigens niemals Zeitreisen geben. Um das zu wissen, brauche ich kein Physikstudium, sondern nur Menschenverstand. Wenn es in der Zukunft Zeitmaschinen geben würde, wäre ja schon mal jemand aus der Zukunft da gewesen und hätte geprahlt mit seinem Wissen. 2003 hätte er zum Beispiel den Bärlauchboom 2004 prophezeien können. Der Beweis gilt allerdings nicht für Zeitmaschinen mit eingeschränkter Reichweite. Nimmt man eine Reichweite R an und ein Datum der Erfindung einer Zeitmaschine D sowie den jetzigen Zeitpunkt Z, würde gelten: $R < D - Z$.

Könnte ich heute zurück nach Freitag reisen, würde ich mir die Liars im »White Trash« anschauen, während mein Original-Ich sich in einem Nudelsuppenrestaurant vertrödelt. Ich würde ein schlecht sitzendes Top und eine nicht völlig perfekte Frisur tragen, damit mich niemand erkennt. Schließlich will ich nicht, dass man mich, wenn ich später noch mal reinkomme und frage, wie es war, für geisteskrank hält. Dann würde ich folgenden Brief schreiben: »Lieber Jens. Ich weiß, auf deinem Küchenboden befinden sich einige sehr hartnäckige Verschmutzungen, die selbst mit Fegen nicht weggehen. Was du aber auf keinen Fall tun solltest, ist zu versuchen, sie mit Ata und einem harten Schwamm wegzuscheuern, denn dann werden die Stellen heller als der restliche Boden, und das sieht so Scheiße aus, das kannst du dir jetzt noch gar nicht vorstellen. Gez. ein unbekannter Freund«.

Diesen Brief würde ich einem Bekannten geben mit der Bitte, ihn an Jens weiterzuleiten. Noch bei der Zugabe der, wie ich vermute, fesselnden Liars würde ich, um mir nicht selbst zu begegnen, verschwinden. Dann vielleicht noch unbemerkt ins Pornokino, Geschäfte plündern und ein paar Autos zu Schrott fahren. Ach nein, das ist ja Endzeit, nicht Zeitreise.

P. S.: Einem Zeitreisenden würde ich natürlich das alte White Trash empfehlen. Dort war der Country & Western-Touch noch leicht und sympathisch, nicht, wie jetzt, in die Fresse. Immer liefen The Fall, aber so leise, dass man sich in die Gespräche bunter fremder Gäste einmischen konnte. Koks war normal, ging man allein aufs Klo, wurde getuschelt (»Schau mal, ich glaube, der will kacken«). Und vor allem waren noch nicht so viele idiotische Touristen da. Oder durch meine Schuld jetzt vielleicht doch? Touristen aus der Zukunft? Egal. Der Lektor L-500 kann die Passage ja wieder streichen. Sie ist sowieso nicht authentisch. Ich habe sie nicht in Woche zehn reingeschrieben, sondern erst beim Überarbeiten im Januar 2007. Verwirrt? Dann ruht euch mal eine Woche aus. Oder blättert einfach um!

ELF

Meine Eltern haben sich immer sehr für bildende Kunst interessiert. Als ich klein war, kam manchmal eine alte, sehr dicke Frau zu uns, die mit klassischer Moderne handelte. Sie liebte mich und drückte mich oft sehr fest an ihren riesigen, mit muffigem schwarzem Samt bezogenen Busen. Einmal schenkte sie mir einen Spielzeugrevolver.

Irgendwann blieb sie weg. Meine Eltern hatten sich der zeitgenössischen Kunst zugewandt, meine Mutter sogar so leidenschaftlich, dass sie eine eigene Galerie eröffnete. Ich lernte ein paar Strömungen unterscheiden, und schlechte Kunst von guter. Erstaunlicherweise ließ auch die gute mich meist seltsam kalt. Vielleicht waren mir Bilder zu selbstverständlich, vielleicht wollte ich was Eigenes, Geheimes entdecken. Oder vielleicht, und das glaube ich eher, lag es auch daran, dass ich gegen optische Reize generell unempfindlicher war als andere. Und noch bin. Mein visueller Apparat ist mehr oder weniger Schrott. Nicht, dass meine Augen schlecht wären, ich sehe hervorragend. Aber wenn das Auge seinen Job gemacht hat und sagt »Hier, Hirn, das sind die Unterlagen, da steht so weit alles drin, viel Spaß damit!«, beginnt die Tragödie. Zwei Menschen, die von mir unterschieden werden wollen, sollten sich sehr unterschiedlich kleiden und frisieren, damit ich sagen kann: »Ah, das ist das Ei mit der schwarzen kurzen Wolle oben drauf, und da das Ei mit der langen gelben Wolle und dem orange-braunen Kleid, hallo Ben, hallo Anja.«

Komisch eigentlich, dass ich gerne Filme sehe, das sind ja auch irgendwie Bilder, ganz viele sogar. Die Schauspieler erkenne ich allerdings nur an den Synchronstimmen.

Gar nicht gerne gehe ich ins Theater.[12] Ich möchte das aber nicht zu laut sagen, weil ich nicht teilnehmen will an der sogenannten »Öffentlichen Diskussion um das deutsche Regietheater«. Vor allem nicht konstruktiv. »Das Schlechte soll schlecht bleiben, sonst wird es noch schlechter« hat Kafka eventuell mal gesagt, und das finde ich auch. Jeden Tag gibt es 1000 neue schlechte Thriller, schlechte Witze, schlechte Lieder. Wird daraus eine Staatsaffäre gemacht? Nein, aber beim Theater ist das was anderes. Schließlich wird es ja subventioniert, also von unser aller Steuergeldern bezahlt. Nimmt man das Argument aber ernst, heißt das, Theater muss, weil von allen bezahlt, auch allen gefallen bzw. möglichst vielen. Um möglichst viele zu bedienen, gibt es ja aber schon den Markt, von dessen Zwängen unser Geld die Kunst ja grade befreien soll.

Zweite Möglichkeit ist, Theater muss bestimmten Leuten gefallen, ganz tollen Leuten. Für die scheinen sich die angeberischen Initiatoren der Debatte zu halten, vielleicht mit Recht, aber ich glaube nicht. Zumindest ist die Frage nach der Eminenz einzelner Personen oder Gruppen keine, die ich auf kulturpolitischer Ebene entschieden wissen will. Und deshalb bleibt für mich nur eine Rechtfertigung für Subventionen übrig: Subventionen sind dazu da, dass Künstler damit etwas schaffen können, dass ÜBERHAUPT NIEMANDEM zu gefallen braucht. Nicht mal mir, geschweige denn dem »Spiegel«. Als Kunde ist man König, als Bürger hat man zu nehmen, was kommt.

Das viel kritisierte Pissen, Kotzen und Bluten auf der Bühne stört mich übrigens gar nicht so sehr. Eher schon das Brüllen. Mein Haupteinwand gegen das Theater ist aber der Humor. Der seriöse Rahmen versetzt das Publikum nämlich immer in eine streberhafte Grundspannung, die sich beim erstbesten Anlass in hysterisches Gelächter entlädt. Die Schauspieler wissen genau, wie viel Spiel sie nach unten haben und nutzen es aus. So ist das Theater vielleicht der einzige Ort der Welt, an dem man beobachten kann, wie erwachsene, nüchterne, geistig gesunde Menschen am Boden liegen, weil jemand schielt. Ich habe das wirklich mal in einem Castorf-Stück beobachtet.

Park Yung Min, selbst eine Regisseurin mit Theatererfahrung, weiß um meine Vorbehalte. Trotzdem bat sie mich mit in die Schaubühne zu kommen. Als kleines Kind fand man Park in einem Schuhkarton und verschiffte sie von Korea mit einem fröhlichen »Ahoi, und fröhliche Adoption noch« nach Deutschland. Dort war alles neu für sie, sie musste sich alles genau anschauen, und die kleinsten Dinge prägten sich wie Brandzeichen in ihr gutes Gedächtnis. Daher kennt sie sich jetzt viel besser aus als ich und weiß zum Beispiel: »Die Schaubühne ist nicht so performance-orientiert, sondern eher textlastig. Das könnte dir auch gefallen.« Also dann, machen wir einen kleinen Spaziergang zum Ende des Ku'damms! Netter Vorsatz, aber die ersten zehn Kilometer fuhren wir schließlich doch mit dem Auto.

Das neue Stück des wegen »Shoppen und Ficken« berühmten Marc Ravenhill stand auf dem Programm. Es hieß »Product«, war eine solide Hollywood-Satire, und wurde weitgehend vom Autor selbst gespielt. Ravenhill gab einen Regisseur, der eine berühmte, das ganze Stück über stumme Schauspielerin für eine haarsträubende Geschichte begeistern will. Die Witwe eines 9/11-Opfers verliebt sich im Flugzeug in einen Djihadisten, mit dem sie schließlich beinahe Disney World in die Luft sprengt usw. Es war wirklich sehr lustig, und weil es wirklich sehr lustig war, brauchte das Publikum auch nicht an überhaupt nicht lustigen Stellen zu lachen. Es bekam aber bei der anschließenden Diskussion doch noch die Chance zu nerven. Alle Fragen gingen so ähnlich wie »Wird das Stück denn auch immer richtig aufgefasst?«, und alle schienen auf eine Antwort abzuzielen wie: »Nein, Madame, nein Monsieur, sie wissen gar nicht, wie viele ungebildete, humorlose Menschen es da draußen gibt, die nicht diesen feinen Sinn für Ironie haben, die nicht so freie und unerschrockene Denker sind wie sie, oh, ich liebe sie!«

Wenig später versuchte ich in der 8mm-Bar das mir neue Getränk Campari-Soda schön zu trinken. Die Bar heißt so, weil immer Filme ohne Ton an die Wand geworfen werden, oder es werden immer Filme projiziert, weil die Bar so heißt. Eine Rockabilly-Bar, wie Moritz von Uslar in seinem Buch vermutet, ist sie nicht. Meistens läuft Punk, Postpunk oder Velvet Underground. An diesem Abend legte Natalie Stardust auf. Sie ist jünger als der durchschnittliche 8mm-DJ und kauft sich ab und zu mal eine neue CD mit Liedern, die wir noch nicht kennen. Das versetzte uns in Aufbruchsstimmung. Menschen. Tanzen. Aber nicht mit Natalie Stardust. Sofort zog sie die Regler runter und brüllte: »Tanzverbot!«.

Brav gehorchen alle und gingen wieder ihrem Rauch- und Trinkgeschäft nach. »Hast du das gemacht, weil der Besitzer aus New York ist?« fragte ich Natalie später. »Damit es so ist wie dort, wo man in Discos ohne Tanzlizenz bei der kleinsten rhythmischen Bewegung rausgeprügelt wird?« »Nein. Aber wenn Leute tanzen, steht man unter dem Druck, dass sie weitertanzen müssen, und spielt nicht mehr das, was man will«, sagte sie. Und sagte damit genau das, was ich wollte.

ZWÖLF

Die Uhr des Kölner Doms schlug elf, Sonnenschein fiel an Staub vorbei auf meine schlafende Band. Dr. Miess war es anscheinend kalt während der Nacht gewesen, denn sie hatte noch ihre Hose, ihre Nietenjeansjacke und ihre Bikerboots an. Chris, der normaler Weise nackt schläft, hatte sich dagegen aus Rücksicht auf den ja immerhin weiblichen Doktor in den roten Frottee-Schlafanzug von Felix, dem abwesenden Hausherrn, gezwängt.

Felix kenne ich noch von meinem nie abgeschlossenen Studium in Köln. Die Freundschaft mit ihm ist die einzige, die ich je an einer Universität geschlossen habe. Er hatte zu einer Zeit, als das noch irgendetwas Außermodisches anzudeuten schien, immer diesen Skianorak an. Dazu einen zutiefst traurigen Ausdruck im Gesicht. Auf den sprach ich ihn mal an, woraufhin er mir einiges erzählte von sich. Bald brachte er mich mit seiner Clique zusammen: Uli, einem zierlichen Jungen, der in Versen sprach und sich als Putzmann vorstellte. Und Linus, einem unerträglich geistreichen Ex-Fanzinemacher und Redakteur des Musikmagazins Intro. Mit ihrer Geheimband Bum Khun Cha Youth hatten die beiden soeben eine Single rausgebracht, und Linus' Hauptangst war, dass die Sache zu groß und die drei Mann starke Szene verwässert würde, weswegen er mir zunächst mit witzig verbrämter Feindseeligkeit entgegentrat. Aber schon nach einem Jahr waren wir vier unzertrennlich und trafen uns wöchentlich in einer unserer Wohnungen zum Vorglühen. Das hieß, wir tranken Jägermeister/Red Bull, hörten Deutschpunk und Synthie-Pop, und schoben den als Alibi veranschlagten Hauptprogrammpunkt – irgendeine Kneipe oder Disco – möglichst lange, möglichst bis zu dessen Wegfall raus. Wenn ich eins vermisse in Berlin, ist es diese Praxis des Vorglühens. Dort gibt es stattdessen immer eine Art Fernturnier, das gewinnt, wer es am längsten allein zu Hause aushält. Kölner Wohnungen eignen sich aber auch besser zum gemeinsamen spätadoleszenten Abhängen. Sie sind zwar sehr klein, aber warm und flauschig wegen der modernen Fenster und verlegten Teppiche. Tierposter, Bandsticker und unterhaltungsindustrielle Chinoiserien geben diesen Räumen bis ins hohe Alter ihrer Besitzer den Charme von Jugendzimmern. Die knarzenden, zugigen, mit tantigem Stuck beschmierten Säle, die Ostberlin für uns bereithält, bieten diese Möglichkeit kaum, sondern nur die Alternative zwischen zu erwachsen und zu verwahrlost. Die Entscheidung für Letzteres ist nicht immer frei, aber auch nicht immer die schlechteste.

Nun waren auch Julie und Chris aufgewacht und redeten über den gestrigen Abend, den wir für die Fehlfarben eröffnet hatten. Wie anders ist es, für eine solche Band Support zu machen, als letztes Jahr für Wir sind Helden. Die Helden-Fans gaben uns immer einen Vorschuss ihrer jungen Begeisterung, einfach aus Begeisterung. Der geringste Anflug von schlechter Laune, auch innerhalb der künstlerischen Inszenierung, wurde allerdings beleidigt notiert, als Undank und Sünde gegen den Geist der Begeisterung. Die Fans der Fehlfarben dagegen sind nicht in einer hysterisch positiven Krisenbewältigungsatmosphäre aufgewachsen, sondern mit Angst vorm Atomtod und Hass auf Hippies. Dass sie und ihre geistigen Kinder Euphorie nicht grad nach Gießkannenprinzip verteilen, kann man sich vorstellen. Aber wie viel dauerhafter ist die Wärme, die der Applaus aus so harten, aber gerechten Händen spendet! Wir waren uns darin einig und gingen zum Frühstücken in die Mensa. Ach ja, das ist das zweite, was ich an Köln vermisse: die Mensa.

DREIZEHN

Um mich von der Angst vorm Alter abzulenken, schenkte mir meine Schwester zum 30. einen Gutschein fuer eine Reise nach Tokyo. Den habe ich jetzt, wie man an den fehlenden Umlauten sehen kann, eingeloest. Am Freitag gingen wir nach der Landung direkt in einen Park, in dem die jungen Japaner die Kirschbluete feierten. Das gleissende Streulicht beschien das Rosa der Baeume so strahlend, dass einem alles, was man bis dahin je gesehen hatte, grau-beige vorkam. Auf einem See fuhren schwanfoermige Tretboote auf und ab, aber nicht idyllisch gondelnd, sondern in hohem

Tempo, als haetten die Schwaene Termine. Zusammen mit der Zeitverschiebung wirkte das Ganze auf uns wie eine wohldosierte Pilz-Vergiftung. Das war aber auch schon das bisher letzte Mal, dass ich hier etwas empfand, was der Begriff »Kulturschock« trifft. Tokyo ist einfach nur eine sehr saubere Umsetzung der westlichen Idee einer Metropole mit besserer Typo und niedlicheren Figuren. Das kulturell Besondere wirkt, statt eine bedrohliche Fremde zu erzeugen, eher allem entgegen, was eine Grossstadt schockierend machen kann. Die vielzitierten Menschenmassen gleiten wie unter Verbeugungen aneinander vorbei, die Taxifahrer pflegen in ihren mit Haekeldeckchen dekorierten Taxen einen Stil, als wuerden sie bei jedem Gast denken, es könnte vielleicht ja der verkleidete Kaiser sein. Hupen scheint es nicht serienmaessig zu geben.

Das wegen seiner grellen Ueberzivilisation beruehmte Viertel Shibuya ist tatsaechlich bezaubernd. Die Reklamen, die fuer Entfremdung, Spiel und Schoenheit werben, lassen keine Luecke, durch die irgendeine triste Notwendigkeit oder Natur aeugen koennte. Der Gegensatz zwischen authentisch und touristisch entfaellt, denn als Zeichen des Abstiegs von lebendiger Kreativitaet zum folkloristischen Selbstabklatsch funktioniert der fotografierende Japaner natuerlich nicht. Der fotografierende Europaeer dagegen ist selbst coolness-steigerndes Objekt exotistischen Kleiderneids. In Laeden, die dem Berliner Humana gleichen, neppen die Tokyoter mit tocotronischen Trainingsjacken fuer zweihundert Euro als Touristen sich selbst. Da das

Fremdeste, das uns hier begegnen kann, die Germanophilie ist, kaufen wir als ihr Souvenier ein T-Shirt[13] mit folgender Aufschrift:

Jeglichen Schwaermer schlagt

ISRAEL

Staatliche Kunsthalle Baden-Baden
Eines Menschen Leben, was ist's?
Doch Tausende
Koennen reden ueber den Mann,
was er und wie er's getan.

VIERZEHN

Es war neun Uhr morgens. Ich saß in der Lobby des »Asia Center of Japan«-Hotels und wartete auf meine Schwester, mit der ich verabredet war. Erst hatten wir eine Reise zu einem entlegenen Berg erwogen, der schwefliges, 100 Grad heißes Wasser speit. Mit diesem Wasser sollte man sich von seiner Haut reinwaschen. Da wir beide, vielleicht genetisch bedingt, »Drinnies« sind (dieses Wort habe ich der Gruppe »Tokio Hotel«[14] abgelauscht. Sie bezeichneten sich in einem Interview als Drinnies, mit Draußies hätten sie nichts zu tun), hatten wir uns für Sightseeing entschieden. Zwar ist man, wenn man durch eine Stadt läuft, auch irgendwie draußen, aber eben nicht richtig, so wie man in einem Campingzelt ja auch nicht richtig drinnen ist.

Ich saß also da und las in einem Reiseführer, als sich eine große dunkelhaarige Frau mit einer falschen Louis-Vuitton-Tasche zu mir setzte und mich ansprach. »You want some water?«, fragte sie und hielt mir eine Plastikflasche hin. »It's from my lips.« Höflich aber entschieden nahm ich das Angebot der Frau, bei der es sich dem Akzent nach um eine Südamerikanerin handelte, an. Nach einer Woche in Japan dürstete es mich nämlich – nicht nach Wasser, sondern nach formloser Zutraulichkeit, möge sie auch (wie mir gar nicht mal so blitzartig klar wurde) von einer puertoricanischen Business-Nutte[15] ausgehen. »Where do you come from?«, fragte sie. »From Germany« – »Ohh. Guten Tag, wie gäht es ihnen?« – »Äh. Good. I'm waiting for my sister«, sagte ich, inhaltlich unpassend und unnötig englisch. »But she's not chier yet. We could go to your room«, sagte sie und verlieh ihrem Vorschlag Nachdruck, indem sie meinen Oberschenkel massierte und mir ins Gesicht atmete. Sie roch nach Pfirsich. Was die Frau, an deren Beruf ich nun nicht mehr den geringsten Zweifel hatte, nicht wusste, war, dass meine Schwester sich 1. mit mir das Zimmer teilte, und mir 2. mit ihrem Getrödel schon den ganzen Urlaub lang auf den Keks ging. Wirksamer als die Nervanrufe übers Haustelefon, so dachte ich mir, wäre vielleicht, wenn ich unvermittelt mit einer schönen Fremden aus Fernwest das gemeinsame Zimmer stürmte.

»O.k. let's go«, sagte ich also zur Nutte, und wir fuhren unter aufgesetztem Streicheln in den fünften Stock, während ich versuchte, meine Schadenfreude als Geilheit auszugeben. Als wir da waren, steckte ich meine Karte in den Schlitz, riss die Tür extra ruppig auf und rief, da es das Dümmste und Ekligste war, was mir grade einfiel: »So, und jetzt ran an den Speck!« Doch kein entsetzter Schrei kam als Antwort. Meine Stimme verhallte im leeren Raum, und mein grober Scherz hing nun, da sich seine Gemeinheit mit seiner Wirkungslosigkeit multiplizierte, wie Gestank in der Luft. Ich erschrak und rannte – einerseits, um meine Schwester noch abzupassen, andererseits, um vor der Frau zu flüchten, die mich nun auf Spanisch verwünschte. Es gab nur einen Aufzug, meine Schwester musste also – wie sie es schon als Kind zum großen Ärger des Hausmädchens immer getan hatte – das Treppengeländer runtergerutscht sein. Das tat ich nun auch, vielleicht könnte ich sie noch einholen. Ich krachte vor die Tür der Lobby, riss sie im Fallen auf und sah mich auf dem Boden liegend um. Nichts. Auf der Frauentoilette: nur erschrockene Japanerinnen. Schließlich fragte ich den Mann an der Theke, ob er ein großes blondes Mädchen mit grüner Sonnenbrille gesehen hätte. »Yes, Mister. She went out. She asked me where the ›Hachikou‹-Statue was.«

Hachikou, muss man wissen, war ein Hund. Sein Besitzer war ein berühmter Wissenschaftler, der an einer biochemischen Waffe forschte, mit der die ganze Menschheit ausgelöscht werden sollte. Das musste er, denn sonst drohte ihm die Schichtfolter. Bei der Schichtfolter wird jede Stunde ein Kubikmillimeter aus dem Körper des Opfers geschabt, wobei peinlichst drauf geachtet wird, die lebenswichtigen Organe so lange wie möglich zu schonen, damit sich der Todeskampf hinzieht. Hachikou holte jeden Tag sein Herrchen nach getaner Arbeit vom Westeingang der Shibuya-Station ab. Auch als dieser die Gewissenskonflikte nicht mehr aushielt und sich erschoss, brach der treue Hund nicht mit seiner Gewohnheit und erschien jeden Tag zur üblichen Zeit am üblichen Ort, bis zu seinem eigenen Tod viele Jahre später. Deshalb baute man ihm dort eine Statue, zu der ich nun fuhr.

Meine Schwester war nicht da. Ihre Abwesenheit wirkte wie ein dem bronzenen Hund als Yang entgegengesetztes Denkmal der Unbeständigkeit. Hachikou blickte mich mitleidig an. So kam es mir zumindest vor, bis ich merkte, dass er genaugenommen an mir vorbeischaute. Ich folgte seinem Blick und sah eine riesige Tafel mit einem Umgebungsplan. Das Besondere an diesem Plan war, dass er sich nicht auf eine schematische Darstellung beschränkte, sondern alles so aussah wie in echt. Man sah die verschiedenfarbigen Dächer der Häuser, Autos, Ampeln, Beete, sogar Menschen, und auch die Tafel selbst fand sich auf der Karte wieder, mit einem Jungen, der davor stand und genauso aussah wie … ICH! Das gab's nicht! Nach dem ersten Schock kam mir schnell eine Idee. Fieberhaft suchte ich den Plan nach anderen blonden Menschen ab, und tatsächlich: Dort, bei der Fußgängerbrücke in Harajuku war eine naturgetreue Abbildung meiner Schwester. Ich nahm ein Taxi, um keine Zeit zu verlieren. Die Brücke war bevölkert mit allen Arten von Cos-Playern, Gothik Lolitas, Cyber- und Businesspunks, so wie Mädchen, deren Style bei Weißen nach 80er-Prolltante ausgesehen hätte. Niemand schien über 15 zu sein, außer den Kameraleuten von der BBC und einem geckenhaften Reporter im rosa Anzug. Von meiner Schwester weiterhin keine Spur.

Am Waffelstand hatte sich eine Kinderband postiert. Die Drummerin drosch – tight wie ein Computer – auf ein Wabenschlagzeug. Ich kaufte eine CD und las das Booklet. Die Titel der Songs waren ins Englische übersetzt. Das erste Stück hieß: »Look for your sister at the Meij-Jingu-Shrine«. Das musste eine Botschaft für mich sein. Der Schrein, das wusste ich, befand sich direkt im benachbarten Park. Ich lief durch das riesige Holzportal, vorbei an einem See, der die Form von Godzilla hatte, zum Shinto-Tempel, wo Touristen aus aller Welt ihre Wünsche auf Holztäfelchen geschrieben und ausgestellt hatten. »I wish to get very much money without an effort«, stand auf einer. Ein anderer Beiträger hatte das Genre verfehlt: »Hi Grandpa! Greetings from Tokyo«. Auf einer dritten erkannte ich schließlich die Schrift meiner Schwester wieder: »Ich wünsche mir ein Baby. Ein Baby aus dem Glaskäfig.« Ich wusste sofort, was gemeint war, denn am Tag zuvor hatten wir in einer Spielhalle vergeblich versucht, ein wurmartiges Stoffbaby aus einem dieser Greiferautomaten zu befreien. Wie von Sinnen rannte ich zu der Halle. Schnell fand ich den Automaten wieder, denn der gespenstische Gesang, der aus den Lautsprechern dieses Geräts kam, übertönte all das restliche Gedudel. Zu meinem Ärger stand niemand davor. Ich schöpfte aber sofort wieder Mut, als ich sah, dass eins der Babys schon halb über dem Rand des Schachtes hing, beinahe schon von selbst herausfiel. Wenn ich erst dieses Baby hätte, würde ich meine Schwester von alleine finden, so mein irrationaler Schluss. Ich warf hundert Yen in den Schlitz und betätigte den Greifer. Langsam senkte er sich über dem Spielzeug, schloss sich, griff ins Leere. Dann fuhr er wieder hoch, stubste wie aus Versehen in der Aufwärtsbewegung die Puppe an und gab ihr so den entscheidenden Impuls. Das Baby fiel. Ich fiel vor Freude in Ohnmacht.

Als ich aufwachte, lag ich in einem Restaurant. Die Schuhe hatte man mir ausgezogen. Einige freundliche Japaner beugten sich besorgt über mich und deuteten aufmunternd auf einen niedrigen Tisch, auf dem Sake und gegrillter Tofu standen. Ich sollte mich stärken. Tatsächlich spürte ich ein schmerzendes Loch in meinem Bauch. Der Tofu sah köstlich aus und war mit Röstzwiebeln bedeckt. Ich probierte ein Stück. Es schmeckte nach Fisch, wohl doch keine Zwiebeln, sondern Fischspäne, dachte ich. Doch dann sah ich, dass sich auf jedem dieser Späne zwei kleine blaue Punkte befanden, und dass diese Punkte AUGEN waren. Hunderte mikroskopisch kleiner Fischchen tummelten sich auf der Speise. Und dann bemerkte ich noch etwas: ein Zischen oder ein Flüstern, das von den

Tieren ausging. Ich hielt mein Ohr ganz nah an den Tofu, erkannte zuerst nur wirre Laute, dann einzelne Wörter und schließlich *[Aufzeichnung bricht ab.]*

FÜNFZEHN

Letzte Woche erreichte mich folgende Zuschrift:

Hallo Jens,

am 15. Mai 2006 heiratet meine langjährige gute Freundin und Arbeitskollegin Cora Malz [dieser und alle übrigen Namen geändert, J. F.] (später Gastl) den Mann, den sie über alles liebt, Rainer Gastl.

Beide leben in Plüderhausen (Baden-Württemberg) und arbeiten bei der GEK (Gmünder ErsatzKasse) in Schwäbisch Gmünd. Ich weiß von Frau Malz, dass sie ein absoluter Fan von Ihnen ist, Jens. […]

Deshalb meine große Bitte:

Jens, würden Sie bitte den beiden kurz schriftlich Ihre Glückwünsche zu ihrem wichtigsten Tag in ihrem Leben übermitteln? Sie würden den beiden eine außerordentliche Freude machen! Ich weiß, dass Sie viel und »Besseres« zu tun haben. Vielleicht ist es ja dennoch möglich. Im Voraus schon vielen lieben Dank für Ihre Mühe. Für die Zukunft wünsche ich Ihnen alles Liebe und Gute, viel Glück und Erfolg.

Sonja Katze

Obwohl ich die Ehe allgemein und die Übernahme des männlichen Nachnamens insbesondere ablehne, war es mir unmöglich, nein zu sagen. Vor allem die beschwörend flüsternde Eindringlichkeit des Satzes »Ich weiß von Frau Malz, dass sie ein absoluter Fan von Ihnen ist, Jens.« hat gesessen. Aber auch die Gänsefüßchen um »Besseres« trafen ins Schwarze meines Selbstekels. Also setzte ich ein Schreiben auf, in dem ich dem Paar Glück wünschte, ohne doch meine Bedenken zu verheimlichen. Der Drahtseilakt ist wohl misslungen, ich habe nichts mehr von den beiden gehört. Vielleicht war ich doch zu kleinlich und schroff.

Um sich für immer vom Kopfzerbrechen über den richtigen Ton im Schriftverkehr zu befreien, erfanden die Menschen das Emoticon. »Schreib so schlampig und herzlos, wie du willst. Niemand wird beleidigt sein. Ich bin ja da :-))))), dein Emoticon«. Aber das hilft ja auch nichts. Mit Leuten, die Emoticons durchgehen lassen, sollte man es sich besser lieber gleich verscherzen.

Aber zurück zum Thema Hochzeit: Unter den Gästen der Party, die Julian am Samstag gab, waren auch eine israelische Kulturwissenschaftlerin und ihre Mutter. Die Mutter erzählte von einer Freundin, deren Mann im Tsunami umgekommen war. Als sie erneut heiraten wollte, gab es Probleme, denn das jüdische Heiratsrecht schreibt in einem solchen Fall vor, dass der Bruder des verstorbenen Ehemanns die Witwe zu heiraten hat. Entspricht das weder dem Wunsch der Witwe, noch dem des Bruders, wird eine Zeremonie einberufen, in der die Witwe den Bruder fragen muss, ob er sie heiraten will, was dieser dann – quasi überraschend – verneint. Daraufhin muss die Witwe in gespielter tiefer Kränkung den Schuh des Bruders nehmen und nach ihm werfen. Dann ist der Bann gebrochen und die Witwe darf wieder heiraten, wen sie will.

Die besagte Freundin sah nun aber nicht ein, sich einer solchen Prozedur zu unterziehen, da der Bruder ihres toten Mannes bereits verheiratet war, das ganze Theater also noch sinnloser schien als ohnehin schon. Nach einigem Hin und Her auf der unteren geistlichen Ebene wurde ein in ganz Israel berühmter Rabbi eingeschaltet. Der Fall sei klar, sagte der, das Gesetz stamme aus polygamer Zeit, und träte ein altes mit einem neuen Gesetz in Konflikt, sei das alte zu berücksichtigen: Die Witwe müsse den Schuh nach dem Bruder schmeißen. Weitaus kniffliger sei dagegen ein Fall gewesen, bei dem der Bruder des Toten keine Beine mehr gehabt hätte und daher auch keine Schuhe. Wir hatten den Jüdinnen zum Tausch für diese wundervolle Geschichte wenig anzubieten, und wussten nicht mal sicher, warum der Checkpoint Charlie Checkpoint Charlie heißt. Rieten aber richtig.

SECHZEHN

Im Kapitel elf berichtete ich von meiner Kölner Zeit und unserer Gewohnheit des Vorglühens. Ich ließ den Eindruck entstehen, das Vorglühen sei praktisch der einzige Zweck unserer Abende gewesen, alles andere nur Vorwand. Ich habe da ein bisschen übertrieben, der guten Lesbarkeit wegen. Natürlich gab es auch außer Haus Clubs, die wir mit Gewinn aufsuchten. Zu ihnen gehörte das »Studio 672«. In ihm trafen wir uns nun alle wieder. Uli hatte inzwischen von Putzmann auf Programmierer umgelernt, weil eine Frau beim Amt ihm sagte, die brauche man jetzt, die Programmierer. Wie Sand am Meer. Felix und Linus erzählten aus Moskau, wo sie für die Intro die Szene auskundschaften sollten. Felix war jetzt auch bei der Zeitung. Sie wussten einiges zu berichten, teuer wäre es gewesen, und unfreundlich waren die Leute dort. Norrjooo, fääst ist sich Umarrmung von Mitterrchen Russsland, aber scheeeen fääst.

Hinterm Laptop stand an diesem Abend Daso Franke. Beim Laptop weiß man nie, ist es »Auflegen« oder ein »Konzert«. Kommt die Musik des Laptop-Besitzers aus dem Laptop, ist es ein Konzert, kommt fremde Musik raus, ist es »Auflegen«. Ich tippte auf Konzert, denn je länger ich zuhörte, desto deutlicher erkannte ich Dasos Stil. Er gründet in waviger Kühle, hat aber doch etwas Heiteres, Gutes. Er hatte auch mir mal geholfen, bei meiner zweiten Platte. Das Zusammenspiel zwischen meinem Groovcboxschrott vom Flohmarkt und seinen entstofflichten, nur mehr als reine Energie im Äther prozessierenden Klangprogrammen gestaltete sich technisch so schwierig und freudlos, dass Daso nach Feierabend vor Wut eine Laterne zerschlug und sich verletzte. Um die Gesundheit des jungen Talents zu schonen, verzichtete ich von da an auf weitere Kollaborationen.

Dasos Vater gehört übrigens die erste Bhagwan-Disco Deutschlands. Sie wurde allerdings, als sich Bhagwan Osho nannte, in Osho-Disco umbenannt. Hannoveraner werden sie kennen, Hannoverreisende finden sie unweit des Bahnhofs. Den Bhagwan-Jüngern gebührt das Verdienst, bereits in den 70ern die später als Hauptzutat von Ecstasy berühmt gewordene Substanz MDMA nach Europa gebracht zu haben. Teile der Sekte verehrten MDMA wie ein Heiligtum, wurden aber am Ende für ihre Art des Gottesdienstes nicht belohnt. Die unglücklichsten Menschen, die er je gesehen habe, sagte Daso mir einmal, seien diese Langzeitkonsumenten gewesen. Die körpereigene Hausbar hat bei ihnen einfach irgendwann zugemacht, keine Drinks mehr, keine Endorphine, kein Serotonin. Selbst in die Pracht des Paradieses würden sie toten Auges schauen, ohne bei sich auch nur das leiseste Echo eines Glücksgefühls spüren zu können.

Für mich wiederum ist das 672 so untrennbar mit Ecstasy verbunden, dass ich es in meinem jetzigen Zustand kaum wiedererkenne. Es ist, als besuche ich ein mir aus der Kindheit als verwunschen und riesig erinnertes Kaufhaus. Hier, wunderte ich mich, haben die besten DJs der Stadt unsere mahlenden Kiefer und übersteuerten, einander in die Ohren gebrüllten Gedanken begleitet? Hier schien uns immer wieder der so frisch und durstlöschend aussehende Gin-Tonic das beste Mittel gegen unsere ausgetrockneten Münder zu sein? Hier schrieb ich einen Songtext und schickte ihn in acht 160-Zeichen-Portionen an alle, die nicht dabei sein konnten? In diesem normalen Lokal? Ja. Und was habe ich auch erwartet? Das Studio 54 als Nachbau in Las Vegas?

So zu enden wie die armen Esoteriker bin ich übrigens kein bisschen disponiert. Nach etwa einem Jahr erklärte mein psychosomatischer Apparat die Affäre für beendet: Ich sollte diese Droge ab sofort so wenig vertragen wie seit jeher das schäbige Haschisch. Ich musste mich wohl mal wieder der beschissenen Einsicht beugen, dass Gott Protestant ist, und Glück und Erkenntnis jetzt wohl wieder erarbeitet werden wollen. Meinen Freunden ging es übrigens zur gleichen Zeit ähnlich. Vielleicht zog ich auch deshalb weg. Weil klar war, dass etwas passieren müsste, weil wir nicht einfach weiter machen konnten und so tun, als wäre nichts geschehen. Soweit unsere Geschichte.

Da dies hier in einem Maß, das nicht geplant war, zu einem Drogenkapitel geraten ist, werde ich mich, damit auch wirklich alles zu dem Thema raus ist, mit der Umdichtung eines Volksliedes verabschieden:

Im Frühtau Koksberge wir ziehen, fallera
Wir hören schon nur noch die Höhen, fallera
Und wenn wir runterkommen
Wird noch was genommen
Kommt mit und versucht es doch selbst einmal![16]

SIEBZEHN

Ich träumte, ich führte ein Artischockenrestaurant. Ich saß an einem der Tische und trank Tee, als meine Urgroßmutter, die ich in Wahrheit nie kannte, mit einem Baby im Arm eintrat. Sie war außer sich vor Wut über den Vater des Kindes, meinen Cousin Karl, den ich in Wahrheit nicht habe, und der sich, so die Urgroßmutter, »feige aus dem Staub gemacht« habe. Über die Mutter erfuhr man nichts, jedenfalls war bald klar, dass von mir erwartet wurde, dem Kind den Vater zu ersetzen. Schon hatte ich ihn (es war ein Junge) auf dem Arm, und wusste, gleich würde er scheißen. Er heulte und sein Gesichtsausdruck ließ eine seinem Alter unangemessene Einsicht in die Tiefe seines Unglücks erkennen, das darin bestand, mir anvertraut zu sein. »Das geht nicht«, rief ich, »ich muss mich doch hier um die Gäste kümmern. Wie soll ich das schaffen?« Doch meine Urgroßmutter war schon verschwunden.

Im echten Leben begegnen Kinderlose Kindern meist nur auf Nachmittagsveranstaltungen wie Grillen oder Brunch. Sie neigen deshalb dazu, die Kinder für die auf solchen Veranstaltungen herrschende Atmosphäre verantwortlich zu machen, eine Art depressive, spießige Gemütlichkeit. Das ist ungerecht, denn jeder, der schon mal bei einem Brunch ohne Kinder war, weiß, dass das genauso ekelhaft ist.

Trotzdem verstand ich, was Kristof Schreuf[17] am Samstag meinte, als er, nachdem die ersten Kinder eingetrudelt waren, durch die Zähne sagte: »Ich hoffe, es wird nicht zu ... *familiär.*« Wir waren auf einer Ausstellung mit Bildern von Jamie Reed – dem, der die Sex Pistols-Cover gemacht hat. Die Bilder sahen aus wie Sex Pistols-Cover, nur als Bilder. Schreuf, ich und Doc Schoko hatten die Aufgabe, durch Musik für Aufregung zu sorgen. »Als All-Star-Band?«, fragte jemand mit Wein. Nein, nein, als separate Attraktionen. Schreuf heizte den Gästen schon mal vorm Auftritt ein. Vom Temperament her eine Mischung aus rappeligem Problemfall und jovialem Unternehmer, blieb er nie lange bei einer Gruppe stehen, erteilte aber jeder einzelnen eine Tracht Meinungen und Nachfragen, mit so viel Leben und Interesse, ja, und auch so laut, dass danach niemand ohne das Gefühl zurückblieb, etwas ganz Besonderes zu sein. Das war sie, die Energie, von der die Kolossale Jugend gelebt hatte, dieser Urknall im Universum Hamburg. Der war nun auch schon wieder 17 Jahre her, und vor glatten 10 löste Schreuf seine zweite und letzte Band Brüllen auf, mit der er vor allem durch spektakuläre Publikumsbeschimpfungen legendär geworden war.

Danach hörte man nichts mehr von ihm. Ach doch, 2004 soll er angeblich ein Buch namens »Anfänger beim Rocken« geschrieben haben. Es wurde angekündigt, kam dann aber nicht raus, dann war es plötzlich »vergriffen«. Jetzt soll es wieder »neu aufgelegt« werden, wann ist aber »noch unbekannt«. Kurz, ich halte das alles für einen schlechten Scherz. Und nicht nur ich frage mich: Was ist das Abenteuerliches, das da in diesem stattlichen Gefäß Schreuf brodelt, und wann kommt es endlich raus? Von ihm ist nichts zu erfahren, denn so gern und scheinbar selbstverliebt er redet, so eisern schweigt er von sich selbst.

Nun aber nahm er die Gitarre und sang. Sein Falsett war ohrenbetäubend wie eh und ergriff uns. Die Kinder, um auf die zurückzukommen, hielten sich zunächst die Ohren zu, nahmen dann aber großen Anteil. Als Schreuf sang »Ich bin meine eigene Mutter«, lief ein 6-jähriges Kreuzbergerjunges laut quiekend in den Nebenraum. Der große Bruder zeigte, als Kristof fertig war und an mich übergab, lautstark modisches Interesse: »Papa, warum haben die alle irgendwelche Gürtel?« »Eine sehr gute Frage«, sagte ich. »Du wirst, kleiner Gast, eventuell den aufwendigen Zierrat an unseren Gürteln bemerkt haben, den dein Opa vielleicht als weibisch bezeichnen würde. Wir aber dokumentieren damit, dass wir einer neuen Generation Mann angehören, die den Frauen neben allem anderen auch das Monopol auf eitlen Schnickschnack wegnehmen will. Außerdem zeigen wir, dass wir noch nicht so fett sind, dass die Hose von allein hält.«

Der Vater von Gustav und Oskar, so hießen die beiden, stellte sich mir später als einziger Zionist in der Redaktion der Jungen Welt vor. Angenehm. Ob die beiden kleinen Rabauken denn mal meine Gitarre ausprobieren könnten. Na sicher, sie gehört streng genommen sowieso nicht mir, sondern einer Freundin, die sehr daran hängt.

Gustaf und Oskar droschen unkontrolliert auf der Gitarre rum und schrieen dreckige Wörter. Guter alter No-Wave. Später kam Gustaf dann auf mich zu, um mit mir seinen Auftritt zu besprechen. Er schilderte zuerst seinen eigenen Eindruck: »Es war schon lustig, als Oskar das mit der Kacke gesungen hat, aber ich habe viel besser Gitarre gespielt. Oskar hatte die Hand immer nur an einer Stelle, ich habe auch mal so [er bewegt die linke Hand auf einem imaginären Griffbrett auf und ab] gemacht.« – »Dein Gitarrenspiel ist perfekt«, sagte ich, »aber mit dem Angeben muss ich dir noch ein paar Sachen zeigen, damit es nicht jeder gleich merkt. Ruf mich an!« Ich gab dem Jungen meine Karte und ging, Doc Schokos »Ich will zurück in den Regen« im Kopf, in den Regen.

ACHTZEHN

Die Komponistin und Sängerin Barbara Morgenstern kenne ich seit 2004, denn wir sind gemeinsam weit gereist. Das kam so: 1923 kamen bei einem Fest in München ein Bayrischer Gesandter und ein Jurist ins Gespräch über die unzureichende »Propagandatätigkeit im Ausland« und beschlossen die »Deutsche Akademie« ins Leben zu rufen. Für die Erfolgsgeschichte der Organisation spielte vor allem deren späterer Generalsekretär Franz Thierfelder eine entscheidende Rolle. Er forcierte die Gründung deutscher Sprachschulen im Ausland mit dem Ziel, Deutsch zur Weltsprache zu machen. Direkt nach der Machtergreifung trat er in die NSDAP ein und brachte die Akademie auf Linie, 1937 schied er allerdings aufgrund interner Querelen beleidigt aus. Nach dem Krieg stellte er diesen Bruch glaubhaft als Widerstandskampf dar und konnte an seine frühere Tätigkeit anknüpfen. Die Gründung der »Zweiten Deutschen Akademie« gelang zwar wegen des Nazi-Images der ersten nicht so richtig, dafür schuf Thierfelder mit dem »Goethe Institut« aus einem ehemaligen Teilbereich der Akademie ihre Nachfolgeorganisation. Deren Auftrag war es nun, den anderen Völkern Deutschland von einer kultivierten Seite zu zeigen, da sie die andere ja jetzt gut genug kannten. An dem Auftrag hat sich im Grunde bis heute nichts Wesentliches geändert.

Die Idee, in den Kulturexport auch Popmusik einzubeziehen, hatte Anfang der Achtziger Jürgen Drews, nicht der Schlagersänger, sondern der gleichnamige damalige umtriebige schlappohrige Leiter des Kulturressorts. Er verschickte sehr viele gute Acts wie die Einstürzenden Neubauten, die Goldenen Zitronen, Blumfeld, Markus Schmickler und Westbam ins Ausland. Nach fast zwanzig Jahren schied Drews aus dem Amt, nicht ohne sich, dem Institut, Deutschland, der Welt, vor allem aber Barbara Morgenstern und Maximilian Hecker sowie deren Anhang, ein gigantisches Geschenk überreicht zu haben, nämlich eine viermonatige Welttournee, bei der kein Kontinent trocken blieb. Zu Heckers Band gehörten neben mir auch Chris Imler und Hans Narva, sodass ich nicht nur die Kenntnis fremder Länder sondern auch eigene Mitstreiter und Freunde gewann.

Nun, als ich in der »Maria am Ufer« stand und Barbara Morgenstern die Melodien spielen hörte, die uns damals durch all die Staaten und Abende eskortiert hatten, kam eine Parade aus Erinnerungen marschiert, die mir Luftschlangen bunter Gefühle ins Gesicht bliesen. Sie brachten mir den Duft der Jakarandas in Johannesburg zurück und den haarigen Masseur, der mir im kafkaesken türkischen Badehaus auf den Arsch schlug. Oder natürlich die Teenies in der Aula der deutschen Schule in São Paulo, die noch nie live ein Popkonzert gesehen hatten, und völlig durchdrehten. Danach signierte ich unzählige zarte Bäuche, und ein winziges Mädchen weinte, umarmte Barbara und rief »I love you«.

Morgensterns neue Lieder machten dem Schwelgen

ein Ende, die Parade zog weiter und ließ mich im Hier und Jetzt geschichtsloser Töne zurück. Die stammten nicht mehr aus der für frühere Songs typischen Orgel, das Klangbild prägte jetzt ein sehr unechtes, aber doch komplexes und warmes Klavier. Mir fiel zum ersten Mal auf, wie schön Barbara spielt. Ihr Stil ist entfernt jazzig, aber dynamisch angenehm unterprononciert. Sie schafft es, die kontrollierte Zufälligkeit der Tonkombinationen, wie sie beim Arbeiten mit Sequencern und Musikprogrammen entsteht, auf das direkte Spiel zu übertragen, und wenn sie die Linien ein paar Takte verfolgt, um sie dann laufen zu lassen, ist sie nonchalant wie John Cale in seinen minimalistischen Klavierstücken.

Ebenfalls auf der Bühne sah man einen Schlagzeuger und eine Querflötistin. Letzteres hätte von mir aus nicht unbedingt sein müssen, denn die Querflöte steht bei meinen Top 4 der Instrumente, die in der Popmusik nichts zu suchen haben, auf Platz 3. Auf Platz 4 rangiert das Saxofon. Hier gibt es natürlich einige Einschränkungen und Ausnahmen, wer will schon was gegen die X-Ray-Spex oder die Specials sagen. Aber ein solistisches Saxofon, das in einem klassischen Popsong die Gesangsstimme paraphrasiert – das geht wirklich nicht.

Auf Platz 3, wie gesagt, die Querflöte. Einziges Gegenbeispiel: Die Platte »Chelsea Girls« von Nico. Platz 2 belegt die Panflöte, dazu braucht man wohl nichts zu sagen. Platz 1 aber gebührt der synthetischen Mundharmonika. Der Synthesizer-Klassiker DX7 beinhaltete einen bestimmten Gimmick namens »Breath Control«. Dies war ein Mundstück, das man ins Keyboard stöpseln konnte, und das, wenn man hineinblies, Klangfarbe und Lautstärke des ausgewählten Klangs beeinflusste. So sollte ein realistisches Blas-Feeling entstehen. Die so behandelte Mundharmonika war in den 80ern recht beliebt, und ihr metallisches Gefiepe macht bis heute einige an sich tolle Prefab-Sprout-Stücke schwer hörbar. Damit genug für heute.

NEUNZEHN

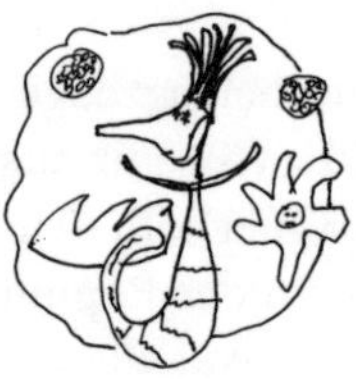

Ich saß im EC nach Wien. Ich wollte eine alte Freundin besuchen, außerdem hatten Britta dort am Tag davor das letzte Konzert ihrer Tour gegeben, und waren dageblieben, weil am nächsten Abend Blumfeld spielen sollte. Nach dem Konzert würde Herman Hermann[18] seinen Geburtstag in der Lobby vom Hotel »Fürstenhof« feiern. Herman ist die Allzweckwaffe im Berliner Arsenal, unüberschaubar die Liste seiner Einsätze. Allein bei Britta war er dieses Jahr schon Produzent, Ersatzdrummer und zusätzlicher Gitarrist. Er richtet oft streng über seine von anderen bewunderte Arbeit, wobei sich die Demut des Gerichteten und die Selbstgefälligkeit des Richters ausgleichen und zusammen ein gesundes Ego ergeben. Einmal bemerkte ich ihm gegenüber, wie unterschätzt die von ihm produzierte Regierung-Platte »Unten« sei. »Ja, vor allem von mir« antwortete Herman stolz.

Ein anderes Mal sagte er: »Ich wäre gerne mal wieder im Krankenhaus, ich meine ohne was Schlimmes«, und das konnte ich gut verstehen. Im Krankenhaus werden Symptome der Antriebsschwäche zu Akten der Schonung.

Ähnlich ist es beim Zugfahren. Man tut nichts als sitzen und lesen, aber gleichzeitig tut man doch was, nämlich reisen. Man könnte Geschäftsmann sein. Ich sah aus dem Buch auf und aus dem Wagonfenster. Die Felsformationen waren wie steinerne Wasserfälle, die in die Elbe stürzen. Ich hatte nie gewusst, wie schön es hier im Grenzgebiet zu Tschechien ist, und auch nicht, dass man da durch kommt, wenn man nach Wien fährt. Hätte ich es gewusst, hätte ich meinen Ausweis mitgenommen. Der Zollbeamte war nett, aber er konnte mir nicht richtig helfen. Ich musste raus, um mir einen Ersatzpass machen zu lassen. Das Büro im fremden Grenzbahnhof lag aktuell wegen einer langen Mittagspause brach. Das gab mir eine Stunde Zeit zum Verschwenden. Erst mal auf die Toilette, unbedingt. »Vier Kronen«, sagt die Toilettenfrau. »Ich habe nur Euro«, sagte ich. »Tja«, sagte die Toilettenfrau mit ihren Augen. Also sah ich mich im Dorf um. Der historische Stadtkern, die Shopping-Meile und ein schöner Busch zum Austreten standen auf dem Programm. Ich fing hinten an, beim Busch. Dort traf ich Roman. Roman war ein guter Kerl, nicht so wie die Klofrau. Er nahm auch Euro. Vier Stück, nach und nach. Zum

Austausch bot er mir immer wieder Schlucke aus seiner Limonadenflasche an und erzählte Geschichten, teilweise auf Deutsch, zumeist aber in einem sehr schwer verständlichen tschechischen Dialekt. Ich mochte den Klang und vergaß die Zeit, bis es anfing zu regnen, und kurz darauf öffnete das Büro. An der Wand hingen 20 Jahre alte Tierposter aus der Bild-Zeitung. Ob sich wohl jemals jemand darüber gefreut hatte? Acht Euro, sagte man mir, koste der Ersatzpass. Ich sah in mein Portemonnaie und erschrak: Ich hatte nur noch vier Euro. Wo war den der Rest geblieben? Ach ja, ich hatte extra wenig mitgenommen, aus Freude darauf, in Wien Geld aus der Wand zu ziehen, mit diesem tollen Gefühl, als Besitzer einer Mastercard überall daheim zu sein. Und dann habe ich ja noch Roman was gegeben. Nein, sagte der Mann hinterm Schreibtisch, einen EC-Automaten gäbe es hier auch nicht. Eine Sekunde lang schoss mir die Idee durch den Kopf, Roman wieder zu suchen, und ihn zu bitten, mir das Geld wiederzugeben. Dieser Sekunde folgte eine Sekunde der Scham über die Sekunde davor.

Zehn Stunden später war ich in Wien. Blumfeld hatte schon gespielt. Auch schon abgebaut. Die Halle war gereinigt worden und die Türen abgeschlossen. Die Veranstalter lagen in ihren Betten. Es war also keine Chance, noch irgendwas mitzukriegen. Aber immerhin, dachte ich mir, wenn ich nicht den zerknüllten Fünfer gefunden hätte, wäre ich überhaupt nicht hier in Wien, nicht mal zu spät.

Im Hotel Fürstenhof war man bereits lustig. Alle

von Britta und deren junger Wiener Vorband Ja, Panik waren da, einige Mitglieder von Blumfeld, und dann noch drei, vier Unbekannte mit Musikerfressen. Im Mittelpunkt aber saß der Hotelier unter einem Stapel alter Gästebücher, in denen er blätterte, um uns die besten Einträge zu zeigen und anekdotisch anzureichern. Nicht erst seit gestern, wurde uns klar, zieht der slicke Charme dieses Hotels Stars, Sternchen und die Allerletzten an wie ein Magnet. Viel aufregender als Pete Dohertys unleserlichen Gruß (auch wenn er, wie es hieß, mit seiner blutigen Spritze geschrieben war) fanden wir die Zeichnung von Hannelore – der Sängerin der Band Heino und Hannelore. Mit großer Kunstfertigkeit und Detailtreue zeigte sie einen Affen in einem Waschbecken. Hannelore sei oft hier gewesen, erklärte der Hotelier, sie habe eine Zeit lang regelrecht im Hotel gewohnt. Die Zeichnung beziehe sich nun aber auf einen Vorfall, der im Dunstkreis des Fürstenhofs legendär geworden war. Das Äffchen, Amadeus habe es geheißen, sei das Haustier eines damals in Österreich berühmten Schlagersängers gewesen. Eines Tages habe es den Teppich in einem der Zimmer angezündet, den Brand dann aber sogleich mit Wasser aus dem Waschbecken, in dem die Socken des Sängers zum Einweichen lagen, wieder gelöscht.

Jetzt hätte nur noch gefehlt, dass jemand die Gitarre auspackte, um Lagerfeuerhits zu spielen. Hätte. Wenn nicht doch noch jemand die Gitarre ausgepackt hätte, um Lagerfeuerhits zu spielen.

ZWANZIG

»Jedes Konzert ist ein bisschen anders«, sagen die Bands im Fernsehen immer. Herbert Grönemeyer gab sogar mal an, es sei jedes Mal »wie ein Rendezvous mit einer Frau«. Wer so was sagt, lügt zwar nicht direkt, verschweigt aber vieles, zum Beispiel, dass die Frau, mit der das Rendezvous ist wie ein Konzert, eine uralte blöde Bekannte sein kann, und dass jedes Konzert auch ein bisschen gleich ist. Wenn man ganz ehrlich wäre, gäbe man sogar zu, dass etwa nach dem 25. Termin einer Tour das Gefühl der Identität das der Varianz überwiegt. Pierre Boulez sprach eines der wenigen offenen Worte zu dem Thema: »Wenn ich das zehnte Mal Beethovens 7. dirigiere, entdecke ich da ABSOLUT nichts Neues mehr, und ich glaube auch den Dirigenten nicht, die das behaupten.« (Zitiert aus dem Kopf.)

Von Boulez ermutigt, leistete ich mir also auf der Bühne des Leipziger Clubs UT Connewitz den Luxus, Folgendes zu denken: »Mann, Mann, Mann, *oft* kann ich mir den eigenen Scheiß nicht mehr anhören.« Auch notierte ich »Neue Stücke schreiben!« in meinen Geist. Wenn man genug neue Lieder hat, findet man auch die alten wieder gut. Sie bekommen dann selbst wieder was Neues, so wie – um in Grönemeyers lustgreisenhafter Bildwelt zu bleiben – die Ehefrau im Swingerclub.

Das UT Connewitz ist ein umfunktioniertes Kino. Es liegt unweit des Connewitzer Kreuzes, genau so wie das Werk II und das »Ilses Erika«. Auch die »Nato« ist nur ein Stück die Straße rauf. Eigentlich ist Leipzig für mich nur dieser eine Quadratkilometer ums Connewitzer Kreuz. Das soll nicht abwertend gemeint sein, von einer Stadt wie Hamburg benutzt man ja auch immer nur einen kaffgroßen Ausschnitt (Schulterblatt, Schanze, Reeperbahn). Dem Tourenden schrumpft alles zusammen, wie dem Touristen im Europapark, wo nur ein paar hookige Bauten Paris oder Rom sind.

Ich liebe das Leipziger Publikum wie überhaupt das Ostdeutsche, denn es ist aufmerksam und dabei begeisterungsfähig. Vielleicht sind das noch die erfreulichen Spuren der Staatsbürgerkunde. Da aber unser Auftritt im Zusammenhang mit der »Pop Up« stand, einer im Werk II abgehaltenen Indie-Messe, waren Gäste von überall da und brachten Unruhe rein. Der norwegische Musiker Erland Oye zum Beispiel demonstrierte, dass man in den skandinavischen Ländern Konzerte nicht so sehr als zu würdigende Darbietungen begreift, sondern mehr als eine Art basisdemokratischen Workshop, auf dem alle zusammen etwas erarbeiten. Zwischen den Liedern machte er Verbesserungsvorschläge. Das Licht zum Beispiel, etwas mehr Rot wäre schön, dafür weniger Grün. Und tatsächlich, so sahen wir viel besser aus, fühlten uns auch sexier, kamen einfach cooler rüber. Hey, Rock 'n' Roll muss keine Einbahnstraße sein.

Nach dem Konzert interviewten mich zwei zarte Jungen für einen kleinen Freiwilligensender. Ihre Fragen waren von anstrengender Grundlegenheit. »Was bedeutet für dich Independent?« Mit Independent geht es mir wie Lichtenberg mit der Zeit: Wenn ich nicht darüber nachdenke, weiß ich genau, was es ist, wenn ich aber darüber nachdenke, weiß ich gar nichts mehr.[19] Ist es nur eine Chiffre für Erfolglosigkeit? Ein Name für einen mittlerweile in der Werbung angelangten Gitarrensound, mit dem ein Teil der Mittelschicht ihren Proletkult begleitet? Oder bezeichnet es tatsächlich noch eine Gegenöffentlichkeit, ein von Markt und Staat unabhängiges Bestätigungssystem? So hätte ich gegenfragen sollen, stattdessen redete ich irgendwas. Die beiden Jungen nickten aber aus Respekt oder Mitleid. Sie wussten auch nicht so genau. Sie hatten noch nicht genug Indie-Messen miterlebt, und noch nicht genug Zeit auf den dazugehörigen Symposien zugebracht, die genau solche Probleme in posttraumatischer Kreisförmigkeit erörtern (»Worum ging es noch mal?« – »Ist hier wer politisch?« – »Können wir die Achtziger wieder herstellen, eventuell per Rundfunkgebühren?«). Sie wollen erst mal sehen, was für sie drin ist im Restspektakel. Und das ist ja auch gut so.

Noch unverbrauchter sorgte die 20-jährige Fanzine-Macherin für Stimmung, die später im »Ilses Erika« neben mir stand. Leider weiß ich nicht mehr, wie ihr Blatt hieß, nur noch wie glücklich das Mädchen darüber war: »Ey, tausender Auflage! Das heißt, du laberst nicht drei Leute voll, wie in der Kneipe, du laberst TAUSEND Leute voll.« Es lief eine »Damned«-Coverversion. *Always remember / It is the happiest day of your life.*

EINUNDZWANZIG

Am 30. sollte mein Berlinkonzert sein. Aber nirgends, so mein Eindruck, wurde es vernünftig angekündigt. Ich tat daher etwas Seltsames: Ich nahm ein Blatt Papier und faltete es entlang der kurzen Seite, sodass zwei gleich große Rechtecke entstanden. Dann faltete ich es längs, und aus den zwei großen wurden vier kleine Rechtecke. In sie zeichnete ich verschiedene Tiere, aus deren Schnäbeln und Schnauzen Sprechblasen kamen, in denen stand, dass ich am Dienstag um acht im Magnet spiele. Dann ließ ich die Zettel im Copyshop 200 Mal nachäffen und vierteilen. 800 kopierwarme Flyer gehörten nun mir. Ich tat sie in die Tasche zu den Plakaten und setzte mich ins Auto, um die Clubs der Stadt zu besamen, aus denen meine Besucher schlüpfen sollten. »Wie in alten Zeiten«, wollte ich denken, aber das war ja gar nicht richtig. In alten Zeiten habe ich so was nie gemacht. Warum eigentlich nicht? Hatten das andere für mich getan? Oder niemand?

Sicher hätte ich einen Freund oder – noch besser, um die Damentoiletten mit abzudecken – eine Freundin mitnehmen können. Aber ich wollte mir etwas Loner-Romantik besorgen, indem ich als eine Mischung aus Dorftrottel und Django die mit Quatsch und Musik gefüllten Räume fremd betrat, um sie kurz darauf fremd zu verlassen. Es funktionierte! Und im Trott dieser nüchternen, eiligen und doch lahmen Kneipentour kam mir sogar eine Idee für die Strophe zu einem Lied, in dem es darum gehen sollte, wie zwei Menschen sich immer über den Weg laufen. Warum nicht einfach die Berliner Clubs aufzählen, deren Namen klingen wie geografische oder allgemeine Ortsbezeichnungen (Rio, Roter Salon, Alcatraz, Golden Gate usw.)? Die Kulisse des Songs wäre so ein Kippbild zwischen Stadt und Welt.[20]

Gegen eins endete meine Reise im »West Germany«. Das ist theoretisch einer meiner Lieblingsclubs, in den ich aber praktisch fast nie gehe. Warum weiß ich nicht. Er sieht aus wie eine verwilderte Zahnarztpraxis, und vom Balkon aus könnte man das Kottbusser Tor sehen, wenn nicht eine hohe Brüstung die Sicht auf alles außer den Himmel und die Fernsehschüsseln der noch höheren Häuser versperren würde.

An diesem Abend spielte eine Band mit drei Umhänge-Keyboards, die aber klanglich und spielerisch Gitarren und Bass simulierten, also analoge Besetzung mit digitalen Mitteln. Das Ergebnis klang interessant und durch die Sängerin ein bisschen wie Sleater Kinney für den Dancefloor. Dass sich der Schlagzeuger zwischendurch auszog, um sich selbst den Arsch mit einer großen Pfauenfeder zu versohlen, machte die Sache seltsamerweise gar nicht noch interessanter.

ZWEIUNDZWANZIG

Über einen Auftritt von Justine Elektra[21] hatte ich Anfang des Jahres in der taz Folgendes geschrieben: »Ich will der absehbaren Furore, die ihre im März auf City-Slang erscheinende Platte machen wird, nicht den Wind aus den Segeln nehmen und alles verraten. Aber so viel schon: Der durchgedrehten Souveränität ihrer Bühnenpräsenz, dem irrlichternden Charme ihrer Lieder, den Atmosphären voller Wärme und Gefahr, den Melodien, die wie aus Träumen vertraut scheinen, und doch so unberechenbar wie eben jene sind – all dem ähnelt nichts, was ich kenne.«

Nun war die Platte mit Verspätung erschienen, und die Release-Party stieg in der von Ben Becker geführten »Trompete«. Mein Zitat schmückte die Flyer, die am Eingang rumlagen, was mich ehrte, obwohl ich die Traumpassage beim Wiederlesen etwas schleimig fand. Der Laden sah aus wie das Wohnzimmer eines bösen, geschmacklosen Zahnarztes, was nicht schlecht passte zum grusligen Unterton im Werk Elektras. Die stand allein auf der Bühne, mit einer Gitarre und einem Radiorecorder, aus dem die Playbacks kamen. Kaltes grünes Licht beschien ihr Gesicht. Sie wirkte lost, aber o.k. damit, eine Mischung aus haltlos und arglos, die man oft bei Kindern von Hippies trifft.

Ein paar Wochen vorher hatte ich Justine für Intro interviewen sollen.

Als ich bei ihr ankam, saß sie am Küchentisch und

schrieb eine Postkarte. »An meine Ersatzmutter«, sagte sie. Ob es um die Ersatzmutter auch ginge in dem etwas Beach Boys-mäßigen Song »Mum and Dad and me and Mum«, fragte ich, und sie sagte, ja, das habe sie mit acht geschrieben. Das hätte ein guter Einstieg sein können für ein Gespräch, aber kurz darauf gab es kein Gespräch mehr, nur noch Aufregung, denn die Katze war verschwunden. Irgendjemand aus der WG muss die Tür offen gelassen haben. Justine war aufgelöst, lief ins Treppenhaus, in den Innenhof, kam wieder zurück in die Wohnung und rief unter alle Betten der WG »Rosie … Rosie«. Nach einer Stunde, in der ich mir für den schlimmsten Fall schon eine kleine Trostrede zurechtgelegt hatte, miaute es hinter einem Badezimmerregal. Eine sehr dicke, schwarze Katze wurde geborgen und in die Arme geschlossen wie ein Sohn. Sonst kein Freund von Homestorys und den mit ihnen verbundenen Kurzschlüssen und Überinterpretationen, konnte ich nicht anders als den Vorfall mit Justines Liedern in Verbindung zu bringen: Liedern, die von der Freiheit handeln, nichts zu verlieren zu haben, aber auch von dem, was man verloren hat – von der Panik und der Leere, die man nur füllen kann mit der Sorge um die Menschen und die Tiere, die man liebt.

Als das Konzert rum war, merkte ich, wie Julian neben mir nervös wurde. Heute war so ein bisschen sein großer Tag, denn die »Trompete« liegt in Schöneberg, SEINEM Kiez, wo sonst nie was ist, und von wo er immer elende Reisen in die verschiedenen Zentren antreten muss. Heute aber war es anders. Heute kamen alle von weit her in sein Revier, wo er sich auskennt. Und er hatte schon Pläne für die Aftershow-Party geschmiedet. Wir würden alle noch ins »Kumpelnest«[22] gehen. Jawohl. Da sei früher auch immer Max Müller von der Band Mutter gewesen. Das letzte Mal, als ich in Schöneberg gewesen war, hatte Julian mir das Schwulencafé »Gnadenbrot«, einen Zwilling des nicht ganz so schwulen Kreuzberger »Möbel Olfe«, ebenfalls mit der Nachricht angepriesen, »Mutter« hätten dort bereits gespielt, die Band von Max Müller. Der ganze Nimbus des Stadtteils schien auf den schmalen Schultern dieses Mannes zu lasten.

Im »Kumpelnest« hing ein bezaubernder Wandteppich, auf dem ein Kind und ein Löwe in einem Wohnzimmer saßen. Das Kind wollte dem Löwen was in einem Bilderbuch zeigen, aber der Löwe sah gar nicht hin, sondern in die Ferne – ins »Kumpelnest«. Dort wurde noch schlimmer gebaggert als im spätnächtlichen »Kaffee Burger«. Am laufenden Band schlossen sich sexuelle Zweckgemeinschaften, es war ein echtes Schauspiel, fast wie die Liebestänze und Massenvereinigungen der Calamare – nur dass die danach Erlösung im Tod finden. Hier auf dem Festland aber hieß es: Täglich grüßt das Murmeltier der eigenen Geilheit.

Irgendwann waren die Frauen aus, woraufhin die überschüssigen Männer versuchten, sich durch Kraftsport und Armdrücken zu erschöpfen.

Dazwischen tanzten wir, die ambulante Aftershow-Party, fremd und vergessen. Justine, das weiß ich noch, war mit Kajal schwarz kriegsbemalt, als wäre sie Fan einer satanischen Fußballmannschaft. Was für Musik lief, weiß ich nicht mehr, vielleicht war es ja schon lange still, während wir sinnlos weiter sprangen bis zum Morgen. Grauen.

DREIUNDZWANZIG

Es war etwa eine Stunde vor dem Eröffnungsspiel, und ich ging die Dimitroffstraße entlang, die von bunten Flaggen gesäumt und von den hoffnungsvollen Vorbereitungen des Volkes belebt war, während die Sonne angespornt auf die Bäume und Dackel, Menschen und Bahnen schien. Jeder ihrer Strahlen, so dachte ich, musste einem Synästhetiker[23] wie eine aus hellgoldenem Horn geblasene Fanfare klingen.

Da schob sich plötzlich an der Ampel, an der ich wartete, ein Mädchen vor mich: etwa 16, auf eine sehr unnatürliche, stofftierartige Weise verdickt, mit einer flauschigen rosafarbenen Turnhose und einem Ballack-Trikothemd. Sie schwenkte ein schwarzrotgoldenes Fähnchen und sang in schiefer Selbstvergessenheit die Nationalhymne mit, welche wohl eben aus den Kopfhörern ihres Walkmans kam. Dann drehte sie sich zu mir um, schaute mir mit einer distanzlosen Zutraulichkeit, die Schwachsinn verriet, direkt in die Augen und sagte: »Deutschland«. Sie sprach das Wort nicht wie ein anfeuerndes Bekenntnis, sondern eher wie die Lösung eines Rätsels oder eine zaghafte Frage, auf die man antworten sollte: »Ja. Mein Kind, ja. Deutschland, so ist es.«

Wie benommen stand ich da, angesichts dieser Fleisch gewordenen Allegorie[24] auf den vielbeschworenen neuen, »weichen« Patriotismus, auf den nicht mehr chauvinistischen, nicht mehr gefährlichen, nur noch debilen Patriotismus.

Ich wünschte übrigens, Fußball wäre mir egal. Meine Freunde sagen auch, es passt nicht zu mir, und sie haben Recht. Ich erinnere mich an eine schöne und gar nicht so ferne Vergangenheit, da interessierte mich Fußball einen Dreck. Dieses Desinteresse fügte sich vollkommen ein in das Team meiner übrigen Vorlieben und Abneigungen. Aber eines Tages während der vorletzten WM, also 98, passierte es. Ich beobachtet Felix und Linus verständnislos dabei, wie sie gespannt der deutschen Elf zusahen. Ich fragte mich: »Wenn ich wirklich will, und mich vorsätzlich reinsteigere, kann ich dann sehen, was sie sehen, verstehen, was sie fühlen?« Das Experiment, das ich daraufhin leichtsinnig und ohne wirklichen Glauben wagte, hatte in erschreckendem Maße Erfolg. Erschreckend war nicht nur der Grad der Veränderung, die mit mir vorgegangen war (ich wollte nur probieren, ob ich mich für die *WM* interessieren konnte, tatsächlich begann ich aber sogar Bundesliga zu gucken), sondern auch deren Unumkehrbarkeit. Es gab kein Zurück. Ich würde mich für immer in Kneipen mit Bildleinwänden Sätze sagen hören müssen wie »Über links geht bei denen ja gar nichts« oder »Was, für acht Millionen haben die den abgegeben? Na, die werden sich schön in den Arsch beißen.«

Manchmal habe ich das Gefühl, die anderen sehen mich mit verstecktem Entsetzen an, wenn ich solche Sachen sage, fast wie einen Junkie. Vor allem die echten Fußballfans merken, dass mit mir was nicht stimmt, dass ich nie als Kind auf den Schultern meines Vaters den Duft der Würste und des frisch gemähten Stadionrasens eingesogen, sondern nur in einem späten Willkürakt mich selbst als böser Geist befallen habe. Oder vielleicht doch als guter? Wo sollte man denn ohne Sportschau hin mit sich an den zerschlagenen Samstagen?

Man sieht, ich bin hin- und hergerissen. Das ist, glaube ich, normal bei uns jungen Autoren. Moritz von Uslars Romanfigur findet auch alles entweder »schrecklich, aber irgendwie auch cool«, oder eben andersrum »geil, aber eben auch total kaputt« (Zitate aus dem Kopf und also ohne Gewähr). Andauernd findet sich der Held in diesem Zwiespalt gefangen. Unterprivilegierte Jugendliche haben sich, damit sie ihre wertneutrale Einstellung zu allen Dingen des Lebens und des Todes nicht immer neu beschreiben müssen, schon vor langer Zeit das Wort »krass« als Universalurteil ausgesucht, weil es Empfindungen nicht mehr nach ihrer Richtung, sondern nur noch nach ihrer Intensität ordnet. Aber Unterprivilegierte interessieren Uslar nur im Zusammenhang mit faschistischen Züchtigungsphantasien, die er dem Freund der Hauptfigur in die Wange mit der Zunge legt. Was ich auch irgendwie … krass finde.

P.S.: Frage von Ms. Miess: Da doch jetzt alles mit Fußball beworben wird, warum nicht auch Tampons? Meine Vorschläge: »Mach ihn rein!« und »Gib Blutgrätschen die rote Karte!«

VIERUNDZWANZIG

Der Sonnenschirm hält das Gewitter von Trixi, Herman und mir ab. Wir überlegten uns Namen für eine Band[25], die Trixi mit uns gründen will, denn nach zwei Jahren Pause treibt es die Frontfrau wieder aus dem Bau. Das Ausdenken von Bandnamen ist allerdings eine Tätigkeit, die ausnahmslos jeden nach kurzer Zeit in die Idiotie zwingt, egal wie exklusiv das von ihm betriebene Gehirn auch sonst sein mag – und Trixi war immerhin bereits mit 14 Spex-Redakteurin gewesen und kann rückwärts reden, während Herman neben zwölf Musikstilen auch Schamanimus beherrscht und sich mindestens die Hälfte der von ihm vertretenen Verschwörungstheorien selbst ausgedacht hat. Trotzdem kommt, wie immer bei dieser Art Brainstorming nur Horror, von mir zum Beispiel »Boney Cool« (von den anderen wollen wir gar nicht reden).

Vom Thema Bandnamen kamen wir aufs Thema Plattentitel und vom Thema Plattentitel aufs Thema Platte, also die gute alte Langspielplatte. Herman, dem alles im eigentlichen Sinne Mystische selbstverständlich ist, geriet angesichts der Magie des Vinyls in Ekstase: »Da sitzt zum Beispiel ein Orchester mit 100 Leuten, und ganz hinten links gibt es diese Querflötistin mit dieser ganz speziellen Blastechnik, bei der man die Luft etwas lauter ausströmen hört als gewöhnlich, und vorne sitzt ein Bratschist, der zu lange keine neuen Saiten auf seine Bratsche gezogen hat, die deshalb etwas kratzt, und der Raum hat einen ganz speziellen Klang, weil viel Holz verarbeitet wurde oder was weiß ich. Und dann wird die Musik dieses riesigen Orchesters von einem Trichter aufgefangen, woraufhin eine Nadel veranlasst wird, in eine Scheibe aus beschissenem, gewöhnlichen Plastik eine Rille zu ritzen. Und dann lässt man eine andere Nadel drüber laufen, und da sind sie alle wieder: Der kratzende Bratschist, die Querflötistin, der Raum, sie sind alle da drin, in diesem BESCHISSENEN STÜCK PLASTIK!« Herman klang nun geradezu wütend. Um ihm ein Gefühl emotionalen Widerhalls zu geben, berichtete ich, wie auch mich bereits als Kind ein Schauder überlaufen hatte, als ich zum ersten Mal feststellte, dass man Platten auch mit ausgeschaltetem Receiver hören konnte, wenn man das Ohr an den in rein mechanische Schwingung versetzten Tonkopf hielt.

Ich finde die Vorstellung Wahnsinn, dass man theoretisch mit nichts anderem als einer Nadel und einem

Vinyl-Rohling alles an Tönen und Geräuschen produzieren könnte. Tausend Kastagnetten, Synthies, Metal-Bands, Kastratenchöre. Alles das könnte man einfach eingeritzt und den Vorschuss ungeschmälert in Schorle fließen lassen. Man bräuchte außer Nadel und Vinyl halt nur übermenschliche Fähigkeiten. Aber dann wäre vermutlich sowieso vieles einfacher.

An unseren Tisch setzte sich eine Freundin von Trixi mit ihrem Freund, einer Art kleinem lockigen Kanadier. Ich habe zwar nichts gegen Kanadier, aber doch kurz Angst vor einem typischen Berliner Kommunikationsdesaster: Ein Englischsprachiger zwingt viele höfliche Deutschsprachige durch seine Anwesenheit dazu, miteinander Englisch zu reden, woraufhin – wegen der Künstlichkeit der Gesprächssituation und weil viele Mitteilungen nicht mehr den Sprung über die Sprachbarriere schaffen – alle anderen am Tisch peinlich verstummen. Schnell wurde jedoch klar, dass die beiden sich selbst genug waren, da sie grade Schluss machten. Der Kanadier sagte, es wäre ihm alles »too intensive«, betonte dabei aber immer wieder seine Satisfaktionsunfähigkeit als Folge einer Kombination aus Scotch, Valium und Heuschnupfentabletten. Irgendwann stand er auf und ging. »Ich dachte, diesmal wäre es kein Borderlinegestörter, und jetzt ist es wieder einer«, sagte die Zurückgelassene. Trixi und ich trösteten die Arme, indem wir ihre Situation objektiv beschrieben, ihr die Endgültigkeit des Endes der Beziehung vor Augen führten, und ihr das Bild einer etwas ferneren Zukunft mit anderen Männern in ansatzweise rosigen Farben malten. Es gibt nichts Tröstenderes als eine wohlmeinend messerscharfe Analyse, wenn alles schiefgegangen ist, Delling und Netzer wissen das. Na gut, wenn man einem taubblinden Ohnhänder auf den Rücken schreibt: »Du bist echt am Arsch«, hilft es dem vermutlich auch nicht groß weiter.

Zu Hause angekommen, bettfertig und bereit noch einen kleinen Absacker, ein vom Vortag stehen gelassenes Glas Rotwein mit Fruchtfliegen zu trinken, brach ich mir, komischerweise in derselben Woche wie meine Schwester, Julians Tante, Nancy vom Brockdorff Klanglabor und der Gitarist von Umi, den Zeh. Manchmal wünschte ich, es wäre nicht alles so sehr aufs Wundersamste miteinander verwoben. Scheiße!

FÜNFUNDZWANZIG

Sie kennen sicher Evelin, die berühmte Malerin, und wenn Sie sie nicht kennen, kennen Sie sicher ihre abertausend Cover und Plakate, die, stilistisch zwischen Manga und naiver Malerei lavierend, vor allem das niedliche große Gesicht zum Stoff haben. Auch für die Bum Khun Cha Youth hatte sie bereits gemalt.

Am Samstag lud sie zum Geburtstag ein und alle kamen, die Freunde, Bekannte, deren Bekannte, vielleicht sogar Neider und Todfeinde, wer weiß. Auch Trixi kam mit dem Mädchen von neulich. Das erzählte, ihr borderlinegestörter Kanadier sei wieder zurückgekommen. »Donnerstagmorgen hat es an der Tür gekratzt, ich dachte, nanu, wer wird das sein, und als ich aufmachte, stand Warren da. ›Na, wo kommst du denn jetzt her‹, sagte ich, aber er lief einfach, ohne was zu sagen an mir vorbei, als wäre es das Selbstverständlichste von der Welt, legte sich auf seinen Platz und wollte Sex. Seitdem ist alles wieder total gut.« »Die Lieben der Jungen sind doch wie die Körper bei Tom und Jerry – in der einen Szene zehngeteilt, in der nächsten schon wieder intakt«, mischte sich ein alter Geck ein. Ich für meinen Teil war eher neidisch auf die Tom-und-Jerry-Körper als auf die Liebe, denn immer noch tat mein gebrochener Zeh weh. Überhaupt sah es auf der Party aus wie im Lazarett, überall schleppten sich Subkulturschaffende humpelnd oder sogar auf Kassenkrücken dahin. Das käme vom Sommer, weil alle barfuß liefen, wurde spekuliert, oder aber vom durch die WM ausgelösten mediterranen Lebensgefühl, das, andersrum als oft angenommen, der materiellen Verwahrlosung[26] vorausgehe.

Dann kam ja auch Cornelius Reiber, den sie »den Reibenden« nennen, mit einer blendend wieder hergerichteten Fresse. Er war nämlich auf Kosten seiner sämtlichen Schneidezähne vom Fahrrad gefallen. Sein Mund war nicht mehr gewesen als ein absurder blutiger Schnabel, vor dem die Kinder auf der Straße weinend davonliefen. Doch jetzt waren die schlimmsten Schwellungen abgeklungen, und eine Zahnärztin hatte ihm fürs erste eine täuschend echte Imitation seiner früheren Zähne aus Plastik angefertigt, wobei sie immer wieder gefragt hatte: »Was? Waren die wirklich sooo lang?«, nur um vom Reibenden Mal ums Mal die Antwort zu bekommen »Nein, ehrlich gesagt noch länger.« Wir beglückwünschten ihn zu der Entscheidung, seine sympathischen Hasenzähne zurückzufordern, anstatt sein Unglück zum Anlass für eine optische Normanpassung zu nehmen, und fragten uns, wie viele Frauen im Falle eines schweren Busenunfalls wohl dasselbe tun würden, nach dem Motto: »Nein, Frau Doktor, glauben sie mir, noch hängender, richtige Brieftaschen waren das.«

Aber mal im Ernst. Auch wenn die Geschichte mit Cornelius so halbwegs ausging: Eine Gesellschaft, die die Seelen ihrer Mitglieder in so unsicheren Behältern belässt, wie es natürliche Körper nun mal sind, hat nicht das Recht sich dekadent zu nennen. Wir müssen uns was ausdenken. Etwas, das Wunden und Entstellungen endlich ins Reich der Filme und Spiele ab 16 verbannt. So viel für heute.

SECHSUNDZWANZIG[27]

Mails. Mails, Mails, Mails! Jeder will was von einem, und so schön das ist, so anstrengend ist es auch. Natürlich denkt man sich manchmal:«Muss ich das jetzt wirklich beantworten?«, aber letztendlich siegt doch immer die Anteilnahme über den gesunden Eigensinn, und so sitzt man wieder mal in den besten Stunden des Tages (zwischen 7 und 9 Uhr früh) da und schreibt.

Liebe Judith.
Deine Zuschrift hat mich sehr gefesselt, aber auch etwas verwundert. Verwundert nicht aufgrund des Umstands, dass du mir, einem ja immerhin völlig Fremden, so pikante Details anvertraust (das Rätsel hast du ja mit dem Satz »Du bekommst diesen Newsletter, weil Deine Adresse in einem unserer Verteiler eingetragen wurde.« bereits gelöst), sondern wegen etwas ganz anderem. In der ersten Zeile deines Briefes schreibst du nämlich Folgendes: »Entweder unsere Mädels sind chronisch untervögelt oder sie sind einfach total ausgehungert nach einem dicken Schwanz, der sich mal wieder ausführlich ihrer Möse annimmt«. Abgesehen davon, dass ich den Unterschied zwischen »chronisch untervögelt« und »total ausgehungert nach einem dicken Schwanz, der sich mal wieder ausführlich ihrer Möse annimmt«, so gering finde, dass ich mir dein »entweder ... oder« nur als ein scheindialektisches Manöver erklären kann, das dazu dienen soll, dein eigentliches (uneingestandenes?) Anliegen zu verwischen, abgesehen davon also frage ich mich, wen du mit »unsere Mädels« überhaupt meinst. Kurz dachte ich sogar, du betreibst vielleicht ein gewisses Gewerbe und versuchst so Kunden anzulocken (wogegen ich nichts hätte), aber schon der nächste Satz führte

diese Theorie ad absurdum, denn weiter schreibst du: »Die extrem geile Alternative zum potenten, männlichen Superstecher heißt seit Neuestem ... Fickmaschinen! Immer bereit und kontinuierlich geil sozusagen. Diese Maschinen sollen Befriedigung bringen, und sie erfüllen ihre Aufgabe mit der Präzision eines Uhrwerks.«

Ich will dir nicht verschweigen, was, als ich dies las, in meinem Kopf vorging. Nämlich etwa Folgendes: Schön, dann ist ja alles zum Besten bestellt. Auf der einen Seite gibt es die willigen Mädels, wer immer sie sein mögen, auf der anderen die angepriesenen Maschinen, die ja angeblich ach so zuverlässig jede sexuelle Not beheben – was also habe ich damit zu tun? Wozu werde ich da noch gebraucht? Oder ist ›angepriesen‹ hier etwa das Schlüsselwort? Soll mir etwa eine solche Maschine verkauft werden, vielleicht als Weihnachtsgeschenk für eine mir bekannte, ebenfalls ausgehungerte Frau?

Auch diese zuletzt wiedergegebene Vermutung ließ ich bald fallen, als ich merkte, dass nirgends Bestelladressen zu finden sind, sondern nur sogenannte »Links« zu kurzen Filmchen, welche die Maschinen und Mädels beim Einsatz zeigen.

Doch nach langem Hin- und Herüberlegen kam mir schließlich ein weiterer, plausiblerer, allerdings auch besorgnis- und mitleiderregender Verdacht. Hatte ich etwa die ganze Zeit Tomaten auf den Augen gehabt und den Wald vor lauter Bäumen nicht gesehen? Muss man »unsere Mädels« eventuell viel direkter und althergebrachter, einfach als »die Töchter von mir und meinem Mann (bzw. Freund, das weiß man ja heutzutage nicht so genau)« übersetzen? Habt ihr, aus übertriebener Sorge, eure geliebten Kinder nicht »unter die Haube« zu kriegen, etwa diese elektronischen Liebessklaven gekauft oder sogar selbst gebaut (vielleicht ist einer von euch ja Ingenieur)? Und schickt ihr diese Filme also an alle möglichen Leute, um ihnen oder vielmehr EUCH SELBER zu beweisen, wie glücklich und zufrieden die jungen Frauen nun sind? In dem Fall, Judith, will ich ganz ehrlich zu dir sein: Ich glaube nicht, das der Weg, den ihr verfolgt, zum Ziel führt. Wenn man sich die Filme ansieht, was ich mehrfach getan habe, gewinnt man zunächst zwar tatsächlich den Eindruck einer geradezu außerordentlichen Lustempfindung seitens eurer Töchter, aber schon auf den zweiten Blick wirkt der Liebeszauber doch sehr faul. Grade wegen der übertriebenen und allzu sehr dem Klischee entsprechenden Ekstase kann man sich des Gefühls nicht erwehren, dass uns – oder vielmehr euch – hier etwas vorgemacht wird, dass überhaupt kein aufrichtiger Spaß an der Sache vorhanden ist. Das wiederum kann meiner Meinung nach daran liegen, dass eine Maschine, so leistungsfähig sie auch sein mag, nicht die Sensation eines echten, warmen, menschlichen Hodensacks im eigenen Mund ersetzen kann. Es könnte aber auch daran liegen, dass die Maschinen, nach dem, was ich trotz der schlechten Auflösung erkennen konnte, allesamt veraltet sind. Bessere findest du unter www.robocopulation.com. Ich wünsche euch beiden und den Kindern alles Gute und hoffe, ihr nehmt mir eurerseits meine Einmischung in eure Privatangelegenheiten nicht übel. Viele Grüße

SIEBENUNDZWANZIG

Seit zehn Minuten fünf Jetons. Vielleicht bescheißt der – wie heißt's – Jetonier? Na, war auch egal, wie er heißt, und auch, ob er bescheißt, ich hatte die Jetons eh nicht selbst gekauft, sondern geschenkt bekommen. Ich hatte nichts zu verlieren – allerdings auch nichts zu gewinnen, denn das hier war irgendwie eine Art Spendenaktion, und ich sollte für noch so viele Jetons nichts bekommen außer, im Falle eines erneuten Sieges, wieder nur Jetons. Bei jedem Sieg wäre ich wahrscheinlich auch etwas traurig, weil er nichts bedeutete, bei jedem Verlust wiederum auch etwas froh. Ein emotionales Nullsummenspiel, so oder so. Wenn man niemals gewinnt oder verliert, natürlich umso mehr. Ich verschenkte meine Jetons an einen Japaner und sah mich weiter um. Ah, ein Fahrstuhl. Es gab also noch ein Stockwerk. Ich stieg mit einer Frau zusammen ein, die mir von der Leipziger Popmesse bekannt war. Die Fahrstuhltür ging zu, der Fahrstuhl setzte sich in Bewegung, aber halt! Es bewegte sich ja nur der Boden, die Decke blieb, wo sie war. Wie in der Müllpresse bei »Krieg der Sterne«, nur vertikal. Ich drückte aus Angst auf irgendwelche Knöpfe, und als der Boden etwa die Hälfte der ohnehin schon engen Kabine erreicht hatte, hielt er an. Die Frau und ich erinnerten mich an die beiden grotesk verknäulten Männer auf der Flugzeugtoilette aus dem einen Edika-Comic[28]. Zur Auflockerung erzählte ich einen meiner beiden selbst ausgedachten Witze (»Mögen sie Sex im Fahrstuhl?« – »Ja, aber doch nicht in dem Aufzug«). »Den kenne ich«, sagte matt die Frau, »den habe ich schon mal irgendwo gelesen.« – »Das kann nicht sein. Den habe ICH mir ausgedacht.« – »Dann hat ihn sich jemand anders halt ebenfalls ausgedacht. Reg dich nicht auf, so gut ist er auch nicht.« Während des Gesprächs bollerten wir gegen die Tür, und bald machte uns eine gut, aber sommerlich gekleidete Dame auf. Sie erklärte uns, dieser Fahrstuhl sei extra so gebaut worden, er verweise auf die Gesellschaft, auf die Tücke der Aufstiegsversprechen in ihr, auf die Luft, die oben dünner wird. Bei »dünner wird« sah sie mich seltsam an. Sollte das etwa heißen, ich war zu dünn? Wind hauchte uns vom Hof her an, ich folgte dem Hauch und ging hinaus. Hinter einem mit Plastikorchideen verzierten Tisch saß ein alter Weinhändler mit einem schwarzen T-Shirt und einer Clownskrawatte. »Meinst du wirklich, du verträgst noch einen Wein?« fragte er mich, was ich mir nur damit erklären konnte, dass er mein Humpeln für Torkeln hielt, er wusste ja nichts von meinem gebrochenen Zeh. »Ja, ich bin sicher, ich schaffe es.«

Plötzlich saß ich in einem bestuhlten Kellergewölbe, ein Film wurde gezeigt, die meisten Stühle waren leer. Man sah eine Party in einer Aidskrankenkommune, einander fremde Frauen küssten sich, schrien sich dann wüst an, zwischendurch gab Irm Hermann traurig Rat. Die Titelmusik war von Britta, einmal sah man Christiane Rösinger sogar singen, während der Kopf vom Bass, an dem wohl Dr. Miess hängen musste, ins Bild ragte. Ich ging raus und rief Christiane an. »Hallo, hier ist Jens. Du, ich bin hier in Dresden im Kunsthaus. Die machen eine Ausstellung, irgendwie zur Globalisierung oder so. Grade zeigen sie den Pollesch-Film, wo ihr mitspielt, und ich dachte, wenn ich gleich auftrete, wäre es schön, euer Titellied zu singen, so als roter Faden. Sag doch mal die zweite Strophe!«

Als mein Konzert vorbei war, gingen die Frau aus dem Fahrstuhl, ihr Freund und ich noch in ein Billard-Café. Ich erzählte davon, wie mein Auto direkt nach meiner Ankunft in Dresden kaputt gegangen war. Zum Glück hatte mich ein Junge, der sich als Robert Hundini und Betreiber des weiter oben erwähnten Spiel-Spielcasinos vorstellte, zur nächsten Notwerkstatt abgeschleppt, wo ich den treudoofen Golf erst in einer Woche werde abholen können. »Ach Jens«, sagte der Freund von der Frau aus dem Fahrstuhl, »bleib doch einfach in Dresden, bis das Auto repariert ist. Wir kriegen dich schon unter. Ab Mittwoch ist auch der ›Schaubudensommer‹, Improvisationstheater und so, das ist immer ganz cool.« In meinem Kopf stellte sich ein französischer Picknick-Film scharf. Eine Weile schaute ich ihn mir an, drückte dann aber in aller Höflichkeit auf Stopp.

ACHTUNDZWANZIG

29 Schon immer habe ich diesen Plan: An einem einzigen Tag all die Sachen machen, die ich zwar ablehne, die der Neugier aber auch keine Ruhe lassen. An einem Tag also zur Psychotherapie, zum Wahrsager und zum Gesangsunterricht.

Die Therapie lehne ich natürlich nicht grundsätzlich ab, sondern nur, wenn es, wie bei mir, nicht unbedingt nötig ist. Wenn sich im Kopf einmal alles so zurechtgerüttelt hat, dass nichts mehr groß hin- und herpoltert, sollte man es einfach so lassen. Wer aber zum Beispiel panische Angst vor Schlangen hat, sodass selbst der tägliche Gang ins Pythongehege zum reinsten Alptraum wird, der sollte sich dringend mal untersuchen lassen. Mich würde an der ganzen Sache vor allem die Hypnose interessieren. Ja, ja, ich weiß, die meisten machen das gar nicht mehr, aber manche schon, und zu denen würde ich, wenn überhaupt, gehen. Ich erhoffe mir nämlich vom hypnotischen Zustand neue Erkenntnisse über den Aufenthaltsort von Admiral Ackbar. Er ist eine »Krieg der Sterne«-Figur, und ich vermisse ihn seit etwa 1984. Nachteile des

Psychiaterbesuchs: 1. Enttäuschung darüber, dass nie der Satz fällt: »Es tut mir leid, die Therapie ist beendet – ich habe mich in Sie verliebt.« 2. Die oft behauptete, aber genauso oft als Geniekult abgetane Gefahr der kreativen Schwächung. Lustig ist in dem Zusammenhang eine Geschichte, die mir mal eine Schriftstellerin erzählte. Als sie nach 30 Sitzungen die Ärztin fragte, ob es nicht langsam brenzlig werde für ihre Schaffenskraft, sagte die: »Keine Sorge. In dem Zustand, in dem Sie jetzt sind, fängt man normalerweise eine Therapie AN!«

In einer Wahrsagerpraxis hoffe ich aus irgendeinem Grund, dieselbe betäubende Geborgenheit zu finden, wie ich sie damals beim Kinderarzt erfuhr und später bei Erwachsenenärzten vergeblich suchte. Ich liebte es, in diesem überheizten Raum zu stehen, das kalte Stethoskop auf der Brust, das sich nach langem Ruhen an einer Stelle seltsam flink zur nächsten bewegte, wie die kleinen grünen Insekten. Dazu hörte man die beruhigende Stimme des Doktors:

»Mal einatmen!«

»Und jetzt wieder ausatmen!«

Ähnlich gut wie Kinderarzt war Abendmahl. Wie die lateinischen Namen der harmlosen Krankheiten lullte der Sing-Sang unverständlicher Segnungen ein, der warme Händedruck in der kalten Kirche spiegelte das kalte Abhörgerät im warmen Behandlungszimmer, und dem medizinisch verpackten Traubenzucker entsprachen leckerer Rotwein und oblatenförmiges Esspapier.

Also so stelle ich mir den Wahrsagertermin vor: Kinderarzt + Abendmahl und dazu noch phantastischer Budenzauber und hoffentlich flattering Fremdeinschätzung. Nachteil: Bei unerwarteter Plausibilität der Prognosen, Zusammenbruch des Weltbildes. Kann natürlich auch interessant sein.

Gesangsunterricht wiederum ist unter Popsängern ein ziemliches Tabuthema. Ich weiß von einigen sehr einflussreichen Künstlern, die professionelle Hilfe in Anspruch nehmen. Wenn ich Namen nennen würde, wäre ich allerdings erledigt. Singen gehört nicht zu den Dingen, bei denen sich helfen zu lassen als cool gilt. Das entspringt zwar einem Vorurteil, aber keinem komplett unbegründeten. Das, was jenseits der E-Musik als ausgebildetes Singen bezeichnet wird, eifert meist dem Ideal eines aus Musical und Casting-Show bekannten White Woman's Soul nach. Auch besteht das Problem, dass manche gesangliche Fähigkeiten, einmal erworben, vom Sänger kaum noch zu dosieren sind. Dazu gehört das Vibrato. Elvis Costello, sonst über jeden Kontrollverlust erhaben, hat es nie richtig in den Griff bekommen. Ich nun wiederum, und deswegen erzähle ich eigentlich die ganze Geschichte, hatte gestern einen Termin bei Viktoria (Klassik-, Jazz und Popgesang). Da der Songwriter in mir sich stetig geweigert hatte, in Sachen Tonspektrum auf den Sänger in mir Rücksicht zu nehmen, musste der Sänger sich was einfallen lassen. Leider war die Bahnstation wesentlich weiter von Viktorias Wohnung entfernt als gedacht. Außerdem hatte ich von den Flip Flops, die durch ihre Offenheit meinen gebrochenen Zeh schonen sollten, schmerzhafte Blasen bekommen, dass ich nur mit Tempo 1 gehen konnte. Als ich ankam, war die Probestunde vorbei. Jetzt frage ich mich natürlich, war das Zufall? Oder stand mein Unterbewusstes im Wege? Oder mein Schicksal? Müsste man mal einen Wahrsager oder Psychologen fragen.

P.S. Nach der verpassten Stunde schlich ich zum »White Trash«, wo meine Schwester mit vielen Freunden die Fertigstellung ihres Buches über die »Digitale Bohème« feierte. Wegen meines Gebrechens war ich verbittert und bös geworden. Überall ließ es mich zu spät und zu kurz kommen und lieferte mich den mitleidigen Blicken satter Bürger aus. Da ich unterwegs eine sehr knoblauchreiche anatolische Spezialität verzehrt hatte, setzten sich bald alle an den Nebentisch, zu dem ich immer wieder Verwünschungen herüberkrakeelte. Sie betrafen unter anderem das Buch meiner Schwester, von dem mein Eindruck auf der Lektüre von 20 bis 30 Seiten oder Zeichen basierte. Ich möchte mich, jetzt wo ich mehr gelesen habe, für mein Benehmen entschuldigen: Liebe Schwester. Das Buch ist keineswegs ein hurrakapitalistisches Manifest im aufgekratzten Werberjargon, sondern ein differenziertes Panoptikum der Chancen sozialer und technischer Veränderungen, das, wie ich jetzt schon spüre, auch meine Arbeit beeinflussen wird.

NEUNUNDZWANZIG

Den heißesten Tag des Jahres hatte sich Sonja dazu ausgesucht, den Frankfurtern aus ihrer zwar nicht neuen, aber erst jetzt bei Suhrkamp erschienenen Anorectic Romantic Comedy »Zuckerbabys« vorzulesen. Ich und ihre Schwester Trixi sollten dazu was singen. Danach wollte ich meinen Freund Nils in Bonn besuchen, bevor er wieder mal monatelang zum Forschen in den Dschungel muss. Was folgt, sind einige Momentaufnahmen, anhand derer sich die Leser einen möglichst unvollständigen Eindruck von meiner Sicht der Reise machen sollen.

I. Frankfurt. Künstlerwohnung. Morgen danach.
Ich sitze auf der Veranda. Gestern haben wir gelesen und gespielt. Die Luftmassen sind zwei schmollende Giganten, sie haben sich gar nichts mehr zu sagen. Freut sich die Dritte, die Hitze. Gegen die habe ich mir ein mit kaltem Wasser getränktes Handtuch um den Hals gelegt. In einer Minute wird das Tuch warm sein. In zwei Minuten trocken. Dann mach ich es wieder nass. Und so weiter. Das Haus gegenüber ist ein Monster, zwei kleine Dachfenster als Augen, die große Schwebetür als Maul. Die Hitze macht mich animistisch. Versucht es zumindest. Aber nicht mit mir! Ha. Die soll sich warm anziehen, wenn ich mit meinem Wasserschal komme. Oh, je. Kann ich meinem Urteil noch trauen? Oder dem von Trixi und Sonja, die jetzt

auch wach geworden sind und die gestrige Show besprechen? »Wir waren brillant«, sagt Sonja, wie über Fremde, die sie neidlos bewundert. Mal nachdenken. Wie war es denn wirklich gestern Abend? Alles fing an, als ich den Veranstalter um Wein bat. Ich bekam eine Flasche Niederhäuser Kertz – ein Kabinet von 2005 mit einer süß-salzigen Rhabarbernase und einer guten Länge. Ein Glas trank ich sofort, den Rest wollte ich erst mal in den Kühlschrank stellen. Der aber war so gebaut, dass die Flasche aufrecht nicht passte, und legen konnte man sie ja, einmal geöffnet, auch nicht. Ich musste den Wein also leider sehr schnell leertrinken.

Die Stimmung auf der Bühne war sehr gelöst, und machte, dass unser auf anderthalb Stunden angelegtes Programm ungefähr drei Stunden dauerte. Positiv und unter höflicher Vermeidung der Wörter »besoffen« und »zerfasert« könnte man sicher sagen, wir haben uns »die Bälle zugespielt«. Auf der anderen Seite hätte es meinem Gitarrenspiel sicher ganz gut getan, wenn … »Ach, jetzt langt's mal mit der Selbstkritik«, fällt mir Sonja ins Wort, »wir sind doch nicht im ZK oder bei der Spex.«

In dem Moment klingelte Dietmar Dath, als wäre der Name der Zeitschrift, von der Sonja, Trixi und er sich kennen, ein theatralisches Signal oder Zauberwort. »Ich habe die ganze Nacht nicht geschlafen«, sagt er und sagt es wie eine gute Nachricht. Eine dünne Schicht kühler Luft scheint ihn zu umgeben, die ihn gegen die lähmende Schwüle immun macht, er redet los wie ein aufgekratzter zehnjähriger Professor, über Dallas, das Ende der Spex und vieles andere. Alles sehr interessant. Aber wieso nennt er Schirrmacher einen »kleinen dicken Rapper«?

II. Zug von Frankfurt nach Bonn

Ich bin müde, habe keine Lust mit meinem ganzen Kram nach einem tollen Platz zu suchen, sondern nehme einfach einen Klappsitz. In einem altmodischen Zug säße ich jetzt auf dem Gang, aber das hier ist eine Art durchbrochenes Abteil, das mich ungewollt Gast im Reich einer Familie aus Opa, Oma, Mutter und Kind werden lässt. Vor allem die Mutter ist mir sofort widerlich, ich stelle mir vor, sie würde die Ausrottung einer Kleinstadt in Kauf nehmen, um zu verhindern, dass ihr Sohn auf die Realschule muss.

Als ich einschlafe, gleitet mir die offene Cola aus der Hand. Schweinerei! Unter strafenden Blicken wische ich die Lache weg. Dann schaue ich aus dem Fenster. Lächerlich pittoreske Landschaften ziehen vorbei. Ich bekomme Angst, diese Ansammlung von Burgen und Reben hat mit der Welt wie ich sie kennengelernt habe, so gar nichts gemein. Vielleicht sind wir, als ich schlief, Lichtgeschwindigkeit gefahren und jetzt in der Vergangenheit. In der Panik halte ich den Zettel, den der Familiengroßvater vor sich auf dem Tisch liegen hat, für einen Reiseplan. Ich stehe auf und greife danach, und bevor ich sehe, dass es sich um ein seltsam designtes Kreuzworträtsel handelt, brüllt mich die Mutter an: »Legen Sie das sofort wieder zurück!« Es klingt, als würde sie sich nicht im Geringsten wundern, als hätte sie sich schon die ganze Zeit darauf gefasst gemacht, dass dieser kriminelle Single versuchen würde, Opas herrliches Kreuzworträtsel zu stehlen. Erschrocken lasse ich mich auf meinen inzwischen leider hochgeklappten Sitz – also auf den von Cola klebrigen Boden – fallen. Der Verlust meiner Würde ist mir seltsam egal. Die ist doch noch immer wieder angekrochen gekommen, denke ich. Hauptsache, Bonn kommt auch bald.

III. Bonn

Nils' preisgekrönter Garten ist noch verwunschener als die vorhin durchquerte Landschaft. Auf jedem Quadratmeter der vom geflochtenen Zaun begrenzten Fläche wächst ein anderes Kraut, und Dutzende Bienen summen, angelockt von den seltenen Blumen. Dazu hören wir Philip de Vitry. Ach toll, Mittelalter, als die Welt noch unbewegt dalag, über ihr verschoben sich singend die Sphären, konsonant und ziellos glücklich (Später erst die ganze Heldenreise: Diatonic, Sehnsucht, lyrische Seitenthemen, »Indianer!«, das Feuerwasser heimweher Leittöne, und endlich wieder das Hauptthema in der Tonica (»Wir haben sie erledigt, Captain!«)).

Bei Nils selbst allerdings herrscht eher Aufbruchstimmung als sakrale Harmonie, er ist frisch verliebt in eine Art Max. Das ist zwar schön, wirft aber auch eine nagende Frage auf: Wie Schluss machen mit dem bisher verehrten Spanier? Wir überlegen uns Abschiedsbriefe, konstruieren Gespräche, versuchen uns etwas auszudenken, was die Sache klar macht, ohne zu verletzen. Das geht, wie jeder weiß, nicht. Zwischen schlechtem Gewissen und guten Gefühlen hin- und hergerissen, wird Nils hysterisch und malt sich im Übersprung mit meiner Hilfe tourettartig bodenlose Schlussmach-SMSe aus, zum Beispiel: »Lieber Freund. Ich schreibe dir vom Höhepunkt der Lust. Habe einen prima Ausblick auf die Jämmerlichkeit unserer hiermit beendeten Beziehung.« Natürlich wissen wir, dass die nie rausgeht, staunen aber doch: So gemein ist man also!

DREISSIG

Park Yun Min, meine Schwester und ich fuhren Taxi. Ich saß vorne. Sehr leise lief ein Lied im Radio. Park erkannte es und sagte zu mir: »Das ist das Lied, was ich neulich meinte.« Ich hatte das Gespräch, auf das sie anspielte, vergessen, doch ein Reflex ließ meine Hand zum Regler gehen und ihn nach rechts drehen. Das war falsch, sicher. Man dreht nicht einfach in einem fremden Auto an irgendwelchen Knöpfen. Die Reaktion des Fahrers aber war unverhältnismäßig. Ich wäre hier verdammt noch mal nicht zu Hause. Ich hätte hier nichts aber auch gar nichts zu berühren, erst recht nicht ohne zu fragen. Während er gar nicht mehr aufhörte zu schimpfen, bemerkte ich, wie meine Schwester unruhig wurde. Sie rutschte auf ihrem Platz hin und her, wobei sie schwer atmete. Ich dachte, sie wäre wütend auf den Fahrer, und gleich würde sie mir, ihrem kleinen Bruder, beispringen. Stattdessen aber brach es folgendermaßen aus ihr heraus: »Ja echt, Jens, du tickst ja wohl nicht richtig. Reiß dich mal zusammen und entschuldige dich anständig bei dem Mann!« An dem Beben in ihrer Stimme konnte ich hören, dass etwas ganz anderes als ihr Mitleid erregt war. Die Grobheiten des Taxichauffeurs hatten sie angemacht, und ihre Lust war nur noch zu steigern, indem sie sich, als eine Art sado-masochistische Doublette, mit dem Erniedriger ihres eigenen Fleisches und Blutes gemein machte. Ich glaube, man nennt das »Stock-Holm-Syndrom« oder so ähnlich. Jedenfalls ging es ganz schön rund im Cab, das zum Glück nur eine Kurzstrecke fuhr.

Ziel war eine Schotterhalde beim Kollwitzplatz, auf der sich junge Menschen zusammenfinden und friedlich Sommerabende miteinander verbringen sollen. Davon war bei uns aber erstmal keine Rede, meine Schwester war noch lange nach der Ankunft völlig von Sinnen wie ein blutrünstiges Tier, und ich war sauer. »Rückzus fahren wir getrennt«, sagte ich, um mit diesem grotesken badischen Wort ihr erst mal was zu beißen zu geben. Trixi hatte es mir neulich beigebracht. Ich hoffe, ich habe das richtig geschrieben. Jedenfalls ist dieses »zus« ein recht produktives kleines Suffix, man kann es auch an »hin«, »rüber«, »runter« und

»rauf« hängen, wo es dann jeweils aus einer kurzen eine etwas längere Richtungsangabe macht. Die Badener sind generell besessen von der Idee zielgerichteter Bewegung in der Sprache. Wo ein Hamburger sein Auto parkt, parkt es der Badener »hin«, schlägt ein Sachse wen zusammen, schlägt der Badenser ihn »her«. Diese Eigenart verleiht dem ansonsten eher gemütlichen Dialekt eine gewisse Dynamik, die daran erinnert, dass Baden nicht immer nur satt und sonnig war, sondern auch Brutstätte revolutionärer Ideen, Heimat so großer Radikaler wie Karl-Peter Heinzen und Gustav Struve. Über den Vegetarismus des Letzteren machte sich Alexander Herzen in seinen Memoiren lustig und zitierte ihn mit dem Satz: »Wissen Sie nicht, dass ein Mensch, der sich ausschließlich vegetarisch ernährt, seinen Leib in einem solchen Maße reinigt, dass er nach seinem Tode überhaupt nicht riecht?«[30]

Die Begründung Struves ist natürlich schräg. Trotzdem habe ich Respekt vor der Disziplin eines Mannes, der es in der ersten Hälfte des 19. Jahrhunderts geschafft hat, sich fleischlos zu ernähren. Ich kann mich noch gut daran erinnern, wie schwer es noch 1988 im Sauerland war. Immer gab es bittere Auberginen und Blicke wie Fleischermesser von Kellnern, die man »Gibt's das auch ohne Fleisch?« fragte. Passend zu meinem Gedankengang kam jetzt Fugazi, die schönsten Klänge, die Straight Edge[31] je hervorgebracht hat, allerdings aus dem Radio beim Bier- und Würstchenstand. Naja, egal, jetzt alle: einszweigsuffa, »one two three, Repeater!«

Meine Schwester hatte sich inzwischen beruhigt, fing dafür an, etwas vom »Radialsystem« zu erzählen, wo Sasha Waltz und ihr Tanztheater drin wären. Sie hätte da auch ihre Finger im Spiel, man könne die Räume nutzen, für Projekte oder Ausstellungen. Park hatte auch sofort Ideen dazu, ihr schwebte etwas vor von Klanginstallationen und begehbarer Musik. »Tanztheater«? »Räume nutzen«? »Begehbare Musik«? Was sollte das denn jetzt plötzlich? Das haben wir doch sonst auch nie gemacht, meine Schwester, meine Freundin, denen ich mich vertraut glaubte. Ich fühlte mich wie vom eigenen Schoßhund zerfleischt. Als ich das sagte, wurde gelacht. Immerhin.

Armin von Milch stieß zu uns und schien gut gelaunt. Funktionierte Sommer etwa auch bei Neo-Goths? Nein, daran lag es nicht. Milch hatte eine Lösung zu einem Problem gefunden: dem Nahost-Konflikt. Nun hat ja fast jeder dieser Tage einen schlauen Ratschlag für oder gegen Israel, aber Armins Ansatz war anders. Ich weiß die Herleitung nicht mehr, aber es lief darauf hinaus, dass der Westen unabhängig werden müsse von fossilen Brennstoffen. Dann würde es Frieden geben. Still dachten wir darüber nach, während vom Grill Holzkohlerauch herüberwehte.

EINUNDDREISSIG

Für meine Sommerbowle (eigentlich »Geile Emma«) brauche ich ein Glas Schattenmorellen, eine Flasche Bitter Lemon, eine Flasche weißen Sekt und eine Flasche Wodka. Außerdem ein Paket Vanilleeis (1,5 kg). Die Schattenmorellen lasse ich mit Bitter Lemon, Sekt und Wodka etwa 12 Stunden lang ziehen (manche sagen, man müsste die Bowle schon über Nacht ziehen lassen, damit die Kirschen die volle Dröhnung bekommen, aber ich sehe das nicht so eng). Eine Stunde vor dem Film lege ich das Eis oben drauf, und einem gemütlichen, einsamen Fernsehabend steht nichts mehr im Weg. Dazu passt übrigens hervorragend ein schönes Glas alter Cognac.

Am nächsten Tag ging ich auf eine Party. Jemand war schon wieder älter geworden. Das war jetzt so die Zeit. Ende Zwanzig geht es los, und dann Anfang/Mitte Dreißig gibt's kein Halten mehr. Allein in diesem Jahr war ich bestimmt schon auf fünf Geburtstagen eingeladen gewesen. Furchtbar. Aber was soll man machen?

Auf der Party lief japanischer Soul, ansonsten herrschte Totenstille. Keiner redete, lachte, grölte, auch tanzen sah man niemanden. »He, ich glaube, ihr habt Mucksmäuschen in der Wohnung«, versuchte ich die Stimmung aufzulockern, aber keiner beachtete mich. Und dann sah ich auch den Grund: Der japanische Soul war nur der Soundtrack zu einem Computerspiel[32], auf das die ganze Abendgesellschaft starrte. Eine klebrige Kugel rollte durch eine bunte Welt voller Batterien, Häuser, Fische, Magneten, Maiskolben usw. Je mehr an der Kugel klebte, und je mehr Umfang sie so gewann, desto größere Gegenstände blieben hängen. Ziel war es, schnell über eine möglichst riesige, Berge und Dörfer mit sich reißende Kugel zu verfügen. Immer wieder schaltete sich ein rot bestrumpfhoster Gott ein und gab – mal nett, mal gemein – Kommentare.

Es war wundervoll. Spielen wollte ich gar nicht, nur diese phantastischen Landschaften sehen, in denen alles möglich war und nichts sicher vor der Kugel. Ich hoffe, dass japanische Wissenschaftler bereits daran arbeiten, die wirkliche Welt nach dem Vorbild dieses Spiels zu verändern. Nur japanische Wissenschaftler können das, denn nur sie sind völlig frei von kulturpessimistischem Demuts-Ethos. Wenn ein Japaner die Bibel geschrieben hätte, wäre die Geschichte mit dem Turm nicht so schlecht ausgegangen. Gott hätte den Babyloniern zur Belohnung noch ein paar schöne Erker und einen Aufzug gebaut, statt alles in Schutt zu prügeln und Sprachverwirrung zu stiften. Ich kann die Japaner insofern verstehen, dass sie sich weigern, Englisch zu lernen. Wessen Gott für das Durcheinander verantwortlich ist, der soll sich auch auf die anderen einstellen.

Auf der Party war ich mal wieder der Letzte. Wieso eigentlich der Letzte? War überhaupt sonst wer auf dieser Party? Und auf welcher Party eigentlich?

ZWEIUNDDREISSIG

Nachdem die mondäne Abendgesellschaft mit der zumindest ungewöhnlichen Begründung, die Gastgeberin sei betrunken, für beendet erklärt worden war, gingen wir Richtung »Picnic Club«. Auf dem Weg besprachen wir, Park, Trixi und ich, die Sache nach. »Was für ein Stress für all die New Yorker Künstler, deutschen Dramaturgen und spanischen Untergrundkämpfer, die alle so bedeutend waren aber einander völlig unbekannt!«, sagte ich. »Ja«, sagte Park, »ein richtiges Ego-Chop Suey. Aber ich fand es trotzdem gut.« Trixi ließ das Dekor nicht los: »Also, dass Sue extra für ihre Party[33] diesen überlebensgroßen gekreuzigten Esel gebastelt hat, find ich echt Wahnsinn!« Park schaute verdutzt und holte Luft zum Widersprechen. Ich aber bedeutete ihr mit einer Geste »pssst«, denn ich wollte nicht, dass man Trixi schon jetzt über ihren Irrtum aufklärte. Vielleicht würde sich noch eine bessere Stelle in der Dramaturgie des Abends finden.

Im »Picnic Club« trafen wir Julian, der nach 12-stündiger Korrektur kulturwissenschaftlicher Hausarbeiten einen hinter die Binde wollte.

»Na, was gab's zu lesen?«, fragte ich, »›Schwarze im Hiphop‹ oder ›Die Konstruktion des Anderen bei Äffele und Pferdele‹?« »Prostkameradprostprostkameradprostprostprostprostprostprostkamerad«, sagte Julian. Anders als bei vielen anderen seines Fachbereichs, kommt sein Interesse für symmetrische Repräsentation weder von einer Liebe zu modischen Theorien an sich, noch von einem Hang zum Strafen, sondern ist einzig und allein Ausdruck einer übergroßen Mitleidfähigkeit, die sich übrigens nicht nur auf echte Lebewesen oder deren glaubwürdige Darstellung, sondern auch auf denkbar holzschnittartige Symbolisierungen – etwa Witzpersonal und ausgedachte Angeklagte in juristischen Fallbeispielen – bezieht. Neulich sahen wir zusammen fern, und es kam eine Werbung für Zahnpasta oder Mundwasser, in der zwei Gebisse sich ein Hauchduell lieferten. Das mit dem beworbenen Produkt bewaffnete Gebiss ließ mit seiner Frische das andere gefrieren und klirrend in Stücke splittern. Da wurde Julian neben mir traurig und flüsterte: »Das arme andere Gebiss!«[34]

Eben dieses große Herz Julians sollte uns aber nun in Schwierigkeiten bringen. Frank sprach uns an. Ich hätte Frank, auch wenn er sich nicht tatsächlich als Frank vorgestellt hätte, hier Frank genannt, denn er war die Fleischwerdung der von Fil Tägert geschaffenen Comicfigur Frank Änänsie, einer bösen Karikatur des kontaktfreudigen, zugereisten Vollidioten. (In »Didi und Stulle« ist Frank ein von Gott geschickter Ersatzfreund für den seit Didis Tod einsamen Stulle. Er stellt sich Stulle mit den Worten vor: »DEN Streifen [Rocky Horror Picture Show] können wir uns ja auch mal zusammen anschauen, den hab ich mir lang nicht mehr gegeben … aber, faire Warnung, ich war der beste Frank N. Furter von Osnabrück. Warte mal, wie ging das gleich noch … I'm just a sweet Transvestite …

[usw.] Hahaha ... Genau, ich kanns noch ... HAHAHA. Na siehst du, da ham wir ja schon was vor: Wir schaun uns Rocky Horror an und gehn danach zum Mexikaner.«)

Schnell merkte ich, dass Frank in Sachen Takt umgekehrt japanisch agieren würde. Während Japaner ein etwas zu verhalten vorgebrachtes »Ja« als »Nein« auszulegen pflegen, würde es schwierig sein, Frank so deutlich »Hau ab« zu sagen, dass er es nicht als »ne, echt super mit dir hier« verstehen würde. Deshalb ließ ich abstimmen: »Wer findet, dass es schöner war, bevor Frank kam, Finger hoch!«

Trixi hob den Arm. Julian ließ seinen nicht nur unten, sondern verschränkte ihn mit dem anderen und legte die Stirn in Falten. »Das kann man wirklich netter machen, Jens«, sagte er, »so kalt und gnadenlos kann nur jemand sein, der in der Schule selbst nie der Hirbel war.« (»Hirbel« muss man wissen, ist Julians Wort für verhaltensgestörte Außenseiter.) Trixi half mir, indem sie den Unterschied zwischen formellen und informellen Gruppen stark machte, letztere hatten durchaus das Recht, sich Aufdringlinge vom Hals zu halten. Julian ließ das nicht gelten und versuchte zu diskutieren, musste sich aber gleichzeitig ständig der Übergriffe des anschmiegsamen Franks erwehren, der nun natürlich endgültig einen Deppen an ihm, seinem Beschützer, gefressen hatte. Ein Zweifrontenkrieg aus Güte! Ich fand, dass nun Zeit war für ein Ablenkungsmanöver. »Das Stofftier, dass man ans Kreuz geschlagen hatte, Trixi«, sagte ich, »das war kein Esel. Es war ein Wolf.«

Es funktionierte. Trixi staunte über ihre Fehlleistung, Julian wollte wissen, was mit dem armen Stofftier passiert war, wie es ihm jetzt ginge, und Frank suchte überfordert das Weite. Sei nicht traurig, Julian, er ging für unsere Sünden.

DREIUNDDREISSIG

Obgleich aus einem feinstofflichen Elternhaus, steht Daso den meisten esoterischen Gespinsten agnostisch gegenüber. Ob, wer sich in diesem Leben daneben benimmt, wirklich im nächsten als Steinbock wiederkehrt oder Wasseradern bekommt, weiß er nicht. *Einer* Regel des großen Osho formerly known as Bhagwan folgt er allerdings strikt: Bekämpfe niemals deine Begierden, denn erst wenn sie alle befriedigt sind, bist du frei! Wenn Daso einen also mal nicht erreicht, weil man im Moment des Anrufs zum Beispiel grade eine schwierige Buttersoße im Wasserbad kocht, spricht er nicht etwa aufs Band, sondern versucht es einfach eine halbe Minute später noch mal. Er WILL telefonieren, und dann muss er das auch machen. So auch diesmal.

Als ich beim dritten Mal endlich drangehen konnte, freute ich mich voll für ihn: »Hey Daso, altes Deep House, was führt dich zu mir?« – »Hallo, Jens. Ich bin grade in Berlin. Die letzten 48 Stunden habe ich mit meinem Kollegen zusammen Techno produziert, jetzt wollen wir in die ›Panne-Bar‹, um auf andere Gedanken zu kommen. Später brauche ich auch einen Schlafplatz und hatte da an dein schmales, einziges Bett gedacht.«

Mit »Panne-Bar« war der Diskothekenkomplex »Panorama Bar / Berghain« gemeint, von dessen Erforschung mich bisher immer die Monumentalität der dort zwischen 23 und 6 Uhr lauernden Menschenschlange abgehalten hatte. Aber jetzt, so dachte ich, könnten Dasos kostbare Kontakte mich vielleicht an den Massen vorbeibugsieren. Ich sagte also ja zu allem.

Unsere Taxen kamen gleichzeitig auf dem Gelände an, und als Daso dem seinen entstieg, staunte ich nicht schlecht. Er hatte seine faustdicke Außenseiterbrille gegen Kontaktlinsen getauscht, die die Umwelt nun schutzlos seinem aus kleinen Augen ruchlos stechenden Blick aussetzten. Sein Milchbart hatte sich in dunklen Flaum verwandelt und auch seine Lederjacke war länger geworden. Sie ging ihm nun fast bis zum Knie und ließ ihn in ihrer Capeartigkeit zwischen Oscar Wilde und Supergrobi oszillieren. Kurz: Aus dem etwas eigenen Nesthäkchen der Kölner Elektro-Szene war ein dusterer Charmeur geworden.

Im Schlepptau hatte Daso einige Japaner und einen Wiener. Es stellte sich heraus, dass die Japaner in Berlin lebten, während der Wiener in Tokyo österreichische Literatur unterrichtete. Leider verabschiedete sich diese heitere Gruppe bald Richtung »Watergate«.

Für Daso und mich gab es eine schlechte, eine gute und dann wieder eine schlechte Nachricht. Schlechte

Nachricht: Wir standen auf keiner Liste. Gute Nachricht: Macht nichts, denn es gab keine Schlange. Schlechte Nachricht: Es gab keine Schlange, weil die spektakulärere »Berghain«-Komponente des Komplexes an diesem Abend gar nicht geöffnet war. Wir würden also auf Nazischwule verzichten müssen, die sich – einer Geschichte zufolge, die ich mal über dieses Etablissement gehört hatte – dort ihres Urinfimmels wegen ins Pissoir zu legen pflegen.

Drinnen angekommen, wurde mir ein gewisser Oliver Koletzki vorgestellt, und zwar als Autor eines durchschlagend erfolgreichen Stücks namens »Der Mückenschwarm«. »Ist das so was wie der ›Hummelflug‹?«, fragte ich, woraufhin eine peinliche Stille durchaus berechtigt gewesen wäre: Aber Stille und Peinlichkeit, das wusste ich, waren hier nicht mehr als Legenden aus grauer Vorzeit. »Du hast die gleiche Fresse wie Dominik Eulberg«, sagte Koletzki, woraufhin ich bemerkte, dass mir Herr Eulberg zwar als ein semmelblonder, aber im Unterschied zu mir auch krötengesichtiger Komponist in Erinnerung sei. Ich möge mich aber täuschen. In dem Moment entzog eine akustische Sensation dem Thema unsere Aufmerksamkeit. Der Rhythmus wurde plötzlich langsamer und langsamer, bis nicht mehr die geringste Spur seiner bisherigen Schmissigkeit übrig war. Die Töne wurden auch immer tiefer und schienen abzuschmieren, wie der Computer bei »2001« (»Hönschenklooooin ging aaalooooooooooooooiiiiiiiin ...«). Man konnte fast denken, der Strom sei abgestellt worden. Unruhe kam auf in der Disco, das Zappeln der Tanzenden verlor jeden Halt, und man spürte, wie sehr alles nach der Wiederherstellung des Ausgangstempos schmachtete. Dann, nach einer unendlichen Minute, passierte es. Nicht in spiegelverkehrter Allmählichkeit, sondern schlagartig, ja explosiv, zog die Geschwindigkeit an und ließ die Gäste ihre Freude schrill jubelnd herausbrüllen. »Da bin ich aber auch erleichtert, dass es nicht so langsam geblieben ist! Gar nicht auszudenken, was das für die Party-Atmosphäre bedeutet hätte«, versuchte ich das Gespräch mit einer Frau zu eröffnen, die sinngemäß so was antwortete wie »Whoooooooooo!«.

Nach ein paar Stunden zog ich mich zurück. Ich wollte über das Gesehene und Gehörte noch ein bisschen für mich nachgrübeln und dann friedlich einschlafen. So leicht war das aber gar nicht. Die Szene, die niemals schläft, hatte mir mit ihrem Beat auch ihren Biorhythmus mitgeteilt, weshalb ich noch lange beunruhigt wach lag. Wenn nicht der Fernseher gewesen wäre, wer weiß, ob ich nicht hätte durchdrehen müssen. Aber so vertrieben mir eine Reportage über Rochenbändiger in der Karibik und eine Defa-Verfilmung von »Rumpelstilzchen« den Morgen. Der letzte Gedanke vorm Runterfahren war dieser: »Was wollte Rumpelstilzchen eigentlich mit dem Kind?«

VIERUNDDREISSIG

Zwischen der Knaackstraße und der Schönhauser Allee befindet sich ein riesiges historisches Gebäudeensemble, in dem es zahlreiche Veranstaltungsorte, Galerien, Restaurants, ein Musikgeschäft und ein Kino gibt. Alles zusammen trägt den scheußlichen Namen »Kulturbrauerei«. Außer vielleicht »Bier« und »Kenner«, fallen mir keine zwei Wörter ein, die zusammengesetzt ein so scheußliches neues Wort ergeben wie die Wörter »Kultur« und »Brauerei«. Noch giftiger als in »Kulturfabrik« mischt sich in »Kulturbrauerei« Biedersinn mit affigem Kunstgetue.

Am liebsten sind mir insofern ehemalige Schlachthäuser, denn bisher kam meines Wissens niemand auf die Idee, ein aus einem Schlachthaus entstandenes Kulturzentrum »Kulturschlachthaus« zu nennen. So was heißt einfach immer »Schlachthaus« oder »Schlachthof«. Schnell gewöhnt man sich an den brutalen Namen, man vergisst, was das Wort mal bedeutete, so wie man als Kind bei »Negerküssen« auch nie an knutschende Schwarze dachte.

Eines Nachts aber, als wir in Krefeld nach unserem Konzert im »Schlachthof« (oder Schlachthaus) die Sachen in den Bus luden, wehte plötzlich ein Schwall von Blut- und Kotgeruch zu uns herüber. Der olfaktorische Schock verbesserte uns auch den Gehörsinn, sodass wir in dem Quietschen der schweren Industriegeräte, das aus der benachbarten, spät erleuchteten Halle drang, auf einmal das todesängstliche Quieken angestochener Schweine unterscheiden konnten. Bleich wurde uns klar, dass nur in einem kleinen Teil des Schlachthofs die Barbarei der Kunst gewichen war.

Auf der Fahrt zum Hotel ging es dann um Vegetarismus, wobei Hans Narva, obwohl (oder weil) ihn die Gefängniswärter in der DDR selbst nicht viel besser behandelt hatten als ein Speiseschwein, dem Bösen das Wort redete. Pflanzen, so Narva, würden genau so leiden, man habe es mit modernster Tontechnik sogar geschafft, die Todesschreie sterbender Salatköpfe hörbar zu machen. »Alles schön und gut, Hans, aber stell dir einfach mal Folgendes vor: Du gehst hinter zwei Mädchen her. Die eine pflückt eine Blume, die sie am Wegesrand sieht, um sie sich hinters Ohr zu stecken. Die andere aber tritt ein winziges, vorbeilaufendes Elefantenbaby tot, um sich mit seinen Zähnen zu schmücken. Welche der beiden wäre dir sympathischer?«, fragte ich leider nicht, da ich so schnell nicht drauf kam.

Das aber war eine Weile her, und als ich Hans am Samstag vor dem Gelände der Kulturbrauerei mit einer Bratwurst traf, kam mir kein böses Wort über meine altersmilden Lippen. Hans dagegen ließ meine Coca Cola nicht unkommentiert durchgehen (»Imperialistenbrause!«). Links ließen wir einen drei Meter hohen, verrosteten »Liebe« Schriftzug liegen. Doof, aber nicht die schlimmste Skulptur hier. Direkt vor dem Eingang des Kesselhauses stehen nämlich »Adam und Eva«[35], zwei abgemagerte Gestalten im neorealistischen Stil, die so aussehen, als hätte Arno Breker KZ-Häftlinge Modell für sich stehen lassen. »Einfach zum kotzen«, sagte ich. »Na, saekdoch!«, sagte Hans, obwohl er gar nicht wusste, wovon ich redete – aber schließlich kannte er mich gut und hatte keinen Grund mir zu misstrauen.

Unser Timing war perfekt, die zweite Band baute grade ab, wegen der dritten waren wir da. Plötzlich spürte ich, wie ein Riesenschnauzer mir ein Ohr ausleckte. Ach, nein, es war nur der Chris Imler mit seiner rauen Zunge und seine Freundin Beate. »Was willst du trinken?«, fragte er mich, und nicht, dass das so ungewöhnlich wäre, aber in seinem Ton lag irgendwas von »Ich kann mir jetzt leisten, dich einzuladen«. Und tatsächlich: Es kam raus, dass Soffy O., weil sie bei Virgin ist, ihre Band, zu der Chris gehört, nicht nur für Auftritte, sondern auch fürs Proben bezahlen kann. Und der Probebedarf war groß bei sieben Leuten. Das freute mich natürlich sehr, nein wirklich, ganz ehrlich. Auf der anderen Seite fragte ich mich aber, wie lange ich den Mann noch würde halten können. Mit den Spankings, seiner Industrial-Rockabilly-Band, bei der er nicht nur Schlagzeuger, sondern neben Tailor Savvy auch Sänger und Master Mind ist, scheint mir in letzter Zeit auch immer mehr zu gehen. Ist ja auch eine großartige Band. Warum habe ich über die überhaupt noch nie geschrieben? Na, werd mir schon was bei gedacht haben. Nicht zu groß werden lassen die Sache.

Endlich betrat Schneider TM die Bühne und riss mich aus meiner Niedertracht.

Schneiders Songwriting und sein Gesang folgen der coolen amerikanischen Linie, wobei sein Umgang mit der Elektronik, wie Beate bemerkt, ur-europäisch ist. Dazu kommt ein Hang zum Psychedelischen, allerdings mit einem Schwergewicht auf den schlechten Trip, auch wieder amerikanisch, eher Crowley als Carrol, die satanische Seite des Hippietums. Von dem letzten Punkt wollte er, als ich ihn mal darauf ansprach, nichts wissen. »Meine Lieblingsband ist Velvet Underground, und die haben Hippies gehasst.« Als ich ihn später wieder traf, erzählte er mir aber, er sei grade in Norwegen gewesen, um dort Aufnahmesessions zu machen, improvisierte Computermusik in freier Natur: »Wir haben mit den Möwen gejammt.«

Und nun, während des Auftritts gaben futuristische, schwarze Gewänder Schneider und seinem Bühnenpartner das Aussehen dubioser Gurus, während sie das eigentlich schon längst nicht mehr coverbare »House of the rising sun« in einer wirklich markerschütternden, tiefer gepitschten Horrorversion spielten. Also wer hatte jetzt Recht? Und würde ich schlafen können diese Nacht?

FÜNFUNDDREISSIG

Dies ist der 35. Teil von »52 Wochenenden«. 35 ist eine ausreichend runde, foliengoldglänzende Zahl, um mal etwas Grundsätzliches loszuwerden. Eigentlich wollte ich nie ein Buch über Wochenenden schreiben. Es fing damit an, dass ich unregelmäßig zu einer taz-Kolumne namens »Ausgehen und Rumstehen« beitrug, in der wechselnde Autoren über ihre Wochenenden schrieben. Daraufhin wurde ich von meinem Label gedrängt, das doch wenn möglich jede Woche zu machen, online. »Mit Musik allein holt man heute niemanden mehr hinterm Ofen vor, Jens, das weißt du doch, du musst den Leuten auf allen verfügbaren Ebenen auf den Sack gehen, damit sie sich irgendwann mal deinen langweiligen bürgerlichen Scheißnamen merken!« Das sah ich ein, also schrieb ich das Blog. »Oh, Jens Friebe schreibt ein Blog«, sagte meine Schwester, als sie das hörte. »Das ist aber eine tolle Meldung. Warum nicht gleich ›Jens Friebe macht, was alle machen‹ oder ›Mann im Netz‹? Da musst du schon ein Buch draus machen, damit das schockt, oder es wenigstens behaupten. Komm, ich sag meiner Agentin, sie soll dir einen Termin bei Helge Malchow machen!«

Unendlich leutselig und als wäre er gar nicht von ruhmreichem Tun überlastet, empfing Malchow mich in seinem Büro.[36] Vor ihm auf dem Schreibtisch lag, wie extra für mich präpariert, eine Frankfurter Allgemeine. »Wir haben grade eine Anzeige schalten lassen«, sagte er, wobei er die Seite hochhielt. Unten rechts war eine Anzeige für ein Buch von einem gewissen Hubert Winkels. »Sie erinnern sich doch an die Kanondebatte?«, fragte er, was ich verneinte. »Ja, also einer unser Autoren, Volker Weidermann, hat eine kurze Geschichte der deutschen Literatur nach 1945 geschrieben, natürlich subjektiv, wie alle Literaturgeschichten. Jedenfalls hat Hubert Winkels dessen Darstellung als ›emphatisch‹ bezeichnet und als ein Beispiel für ›KiWi-Kultur‹ hingestellt. Das Ganze führte zu einer heißen Debatte. Das hat dem Buch von Weidermann – und damit uns – natürlich genutzt. Was in der ganzen Aufregung aber keiner mitgekriegt hat, war: Hubert Winkels hat schon vor Längerem selbst eine Art Literaturgeschichte herausgebracht, und zwar ebenfalls bei Kiepenheuer & Witsch, deshalb jetzt diese Anzeige.« Zufrieden über seinen Coup legte er die Zeitung wieder hin. Von meinem Buch war keine Rede. Er kannte einige meiner Texte aus dem Internet und meine Platten, seine Tochter hatte sie ihm vorgespielt. Das schien ihm als Exposé zu reichen. Ich verließ Köln als KiWi-Autor.

Jetzt schreibe ich ein Buch über Wochenenden. Aber was heißt für uns ungeregelt Lebende eigentlich schon Wochenende? Für uns ist doch immer Wochenende bzw. nie, zumindest nicht am Wochenende, wo ja die anderen unterhalten werden wollen von Leuten wie: uns. Gibt es einen Oberton der Erholung im Klang des Wortes »Sonntag«, wenn es an die Ohren von Sängern und Tänzern, Kellnern und Haschkeksverkäufern,

Zirkuskraftmenschen und Tanztee-Gigolos dringt? Jawohl, und zwar aus dem einen Grund, den Chris Imler, bevor er bei Soffy O. anheuerte, mal präzise mit den Worten angab: »Da wollen die Arschlöcher wenigstens nichts von einem!« Mit »Die Arschlöcher« sind natürlich alle Eintreiber und Versäumnisahnder gemeint, in Imlers damals aktuellem Fall eine Bücherei, die seit Jahren auf die Rückgabe des Mediums »Billy Idol – Ultra Rare Tracks« und die in der Zwischenzeit auf 3000 Euro angewachsenen Leihgebühren drängte.

Es gibt aber noch eine andere Sache, an der ich merke, dass meine innere Uhr von ferner Schulzeit her noch unterscheidet zwischen Werk- und Feiertag: Niemals komme ich unter der Woche darauf, Videos auszuleihen. Das ist dumm, denn am Wochenende leihen die Paare alles leer. Diese Leere aber ist noch gar nichts gegen die Leere im Kopf, die sich einstellt, sobald man die Videothek betritt. Keine Spur mehr im Gedächtnis von den ganzen tollen Filmtipps, die man noch vor kurzem bekommen hat, und auch die Dauerbrenner, Filme die man schon immer mal oder immer mal wieder sehen wollte: alles weg.

Als hätte einem dieser Käfer aus Starship Troopers das Gehirn ausgerüsselt, oder wie ein Zombie (aber einer dieser ganz langsamen Zombies aus »Nacht der reitenden Leichen«) wankt man durch das bunte Labyrinth der Kassettenrücken, unfähig die auf ihnen enthaltenen Informationen zu verarbeiten. Eigentlich ist das schön so, ohne Geschichte, ohne Wunsch, Ahnung und Ziel. Vielleicht ist der heimliche Grund aus dem man Filme leiht, sogar dieser Zustand. Viel Zeit, für die man kein Gefühl hat, kann vergehen, bevor ein heller Moment kommt, und man plötzlich wie aufgeschreckt etwas weiß und greift und aufschreibt und leiht. Meist wird es, mit Rücksicht auf Julian und Dr. Miess, aus denen sich meine Videoabendgesellschaft typischerweise zusammensetzt, ein Horrorfilm.

Denn die Freundschaft zwischen dem leicht verklemmten Julian und der leicht verglammten Dr. Miess wird nicht zuletzt von ihrem gemeinsamen Interesse für blutige Streifen gestiftet und genährt. Julian interessieren dabei vor allem kulturwissenschaftliche Aspekte. Nervlich ist er der Belastung eines Splatterfilms aber eigentlich nicht gewachsen. Den Großteil des Films sieht er meist durch einen Spalt in seiner rechten Hand, den er im Notfall schnell schließen und, wenn die dissonante Musik abschwillt, vorsichtig wieder öffnen kann. Dr. Miess sitzt mit Bier und Pringels daneben und erzählt ihm die schlimmen Szenen, die er verpasst, nach. Schon alleine dafür lohnt sich das Horrorfilm-Leihen, aber auch das Genre selbst habe ich nach und nach mögen gelernt.

Wenn allerdings dann später der Rekorder abkühlt, meine Gäste gehen oder eingeschlafen sind, und ich allein bin mit 40 Programmen, dann merke ich mit etwas Glück beim Zappen, welche Filme ich am allerliebsten mag: Nämlich die, die meine Realität eins zu eins widerspiegeln. Zum Beispiel »Solo Sunny« (DDR 1980). Sagt die Sängerin zum Bandleader: »Ich schlafe, mit wem ich will, ich nenn 'n Eckenpinkler 'n Eckenpinkler, ich bin die, die bei den Tornados rausgeflogen ist und ich heiße Sunny«. Sagt der Bandleader: »Gut, morgen um 10 ist Probe.«

Und so siehtit einfach ma aus!

SECHSUNDDREISSIG

Niemand weiß genau, was damals zwischen vier und sieben geschah, als ihre Record-Release-Party endgültig vorbei war und sie kriegsbemalt mit ihrem zwischen Schlaf und Suff schwankenden Freund das »Kumpelnest« verließ. Ihrer eigenen Version zufolge hatten sich Turbulenzen auf dem Heimweg ereignet, dem widersprachen die Berichte seriöser Zeugen, die Justine Electra noch um halb sechs, verziert mit Spuren eines Kampfes und der Hälfte eines zerrissenen Handschellenpaars am Gelenk im »White Trash« gesehen haben wollen. Wohlbehalten jedenfalls und als könnte sie kein Wasser trüben, keinen Taxifahrer zusammenschlagen und keinen Beamten beleidigen, kam sie am Freitagabend auf die Bühne des »Golden Gate«. Neben ihr stand als Neuigkeit ein hübscher, vornehm blasser, müder Bubikopf von Gitarristin. Sie war wohl da, um das Energiefeld zu entzerren und den Gesamtcharme des Projekts ins Unverschämte zu steigern.

»Hans … Zeichen!«, sagte Justine Richtung Mischpult ins Mikro, hob extra plump den rechten Arm und lächelte ironisch, Mund nach unten. Sollte heißen: Ich habe mit dem Tonmann zur besseren Verständigung über technische Banalitäten ein Handzeichen ausgemacht und komme mir jetzt, wo ich es gebe, etwas dumm vor, find's aber auch lustig. Hans und Justine waren früher mal ein Paar gewesen, aber es gab sehr viel Streit, und nach einem aufreibenden Jahr trennten sie sich. Seitdem verstehen sie sich blendend und arbeiten zusammen. Bald wollen sie heiraten.

Ich liebe übrigens das »Golden Gate«. Es ist, glaube ich, so ziemlich die letzte nachwendetypische Bahnbogenbruchbude, die die Gentrifizierung von Mitte übrig gelassen hat. Ich gab hier mein erstes richtiges Berlinkonzert als Jens Friebe, im Rahmen der nomadisierenden »Flittchenbar«, die Christiane Rösinger zusammen mit ihrer alten Lassie Singers-Verbündeten Almut Klotz damals noch betrieb. Das Mikro musste ich um einen Besenstil wickeln, und es war ziemlich schwierig, ihn so hinzustellen, dass er nicht umfiel und ich beim Klavierspielen ans Mikro kam. Von da an schrieb ich in meinen Technikreader hinter »Mikro« grundsätzlich »und Ständer«.

»Pling ...... Pling .... Pling, Pling«, ließ Electra einzelne Glockentöne aus einem Casio-Keyboard in ihr Lied »Defiant and Proud« fallen, und zur lapidaren Gemächlichkeit dieser Einsätze humpelte die Rösinger, grad noch Bild meiner Erinnerung, als echter Mensch zur Tür rein. Humpelte? Allerdings, denn kaum hatte sich mein Zeh erholt, hatte sie sich ihren wieder mal gebrochen. »Der Staffellauf der Ungeschickten«, sang ich ihr ins Ohr – zur Melodie von Blumfelds »Diktatur der Angepassten«, um sie aufzumuntern.

Bevor sie aber in irgendeiner Form reagieren konnte, trat ihr schon jemand aus dem Publikum auf den schlimmen Fuß. Um mir das Elend in ihrem schmerzverzerrten Gesicht zu ersparen, sah ich schnell wieder Richtung Bühne. Aber auch da spielte sich Schreckliches ab. Zwei Liebende arbeiteten hart daran, eine uralte anthropologische These praktisch zu widerlegen: nämlich die, dass öffentlich ausgeübte Sexualität deswegen anstößig wirkt, weil sie in den Umstehenden Wünsche nach – meist ad hoc schlecht zu bewerkstelligender – Imitation und somit Neidgefühle auslöst.

Von Neid konnte aber bei aller Anstößigkeit, mit der die beiden sich auf dem Bühnenrand paarten, wirklich keine Rede sein. Ihre Zungen beschrieben immer wieder, brutal umeinanderrührend, den gleichen Kreis, ohne je Tempo oder Richtung zu ändern. Er streichelte sie, als wäre er eine Schaufensterpuppe, deren Arm ein Dritter nachlässig bediente. Ihr war das aber, den Fickbewegungen nach zu urteilen, egal.

Über uns donnerte eine S-Bahn, der Zorn eines stilvollen Gottes.

SIEBENUNDDREISSIG

Saanen, den 16. 09

Ich sitze in einer Blockhütte und warte auf Inspiration. Noch diesen Monat sollen die Lieder für meine Platte fertig sein. Das habe ich mir alles vor einem halben Jahr eingebrockt. Da riefen »Labels« an und sagten: »Jens, wir haben hier eines dieser neuen Geräte. Es misst die Präsenz eines Künstlers im kollektiven Gedächtnis der Hörer. Deine Werte sind – ich will dir nichts vormachen – besorgniserregend. Wie wäre es mit Aufnahmen schon Ende des Jahres?« Und ich? Ich war begeistert. Denn in der Woche davor waren mir zwei Namen für Songs eingefallen, und ich dachte: Wenn das so weitergeht, wenn man das mal hochrechnet, und wenn man noch Leistungsdruck dazunimmt, der mich antreiben wird, schaffe ich das ja locker! Von dem Augenblick an aber, in dem der Abgabetermin feststand, ging gar nichts mehr. Ich bekam Angst vor meiner Gitarre und flüchtete mich in nächtliche Zerstreuungen und tägliche Arztserien. So konnte es nicht weitergehen. Ich verordnete mir zwei Wochen Zwangsurlaub in unberührter Natur.

Da bin ich nun und schaue aus dem Fenster in graues Tal. Durch Nieselregen dringt das Läuten einer Ziege. Alles was mir angesichts der alpinen Landschaft einfällt, sind Beiträge zum bereits in Kapitel »Vier« abgeblasenen Social Beat Revival (»Die Berge ragen wie die Zahnstümpfe eines Junkies aus dem verrotteten Maul der Erde« usw.).

Eine Kurzmitteilung aus Köln erreicht mich. Linus, der seit den frühen Tagen unserer Freundschaft die Angewohnheit hat, mir meine eigenen Gedanken in Form von Rollenprosa zu smsen, schreibt: »was mache ich denn hier in diesem anwesen? wer bin ich wirklich? jens friebe! ich bin's. war das eben vielleicht schon eine idee? nee, falscher alarm. also wo war ich? ja, schweiz. mmh, daraus muss doch was zu machen sein, oder? nee. mist! ahh, hier sind immerhin penis und wein!« Zum »Anwesen« muss ich anmerken, dass Linus, um sein Selbstbild als Underdog zu schärfen, stets den Glanz meiner Herkunft und das Elend seiner eigenen übertreibt. Alles andere aber ist so lustig wie leider wahr.

Gestern griff ich zum Äußersten und machte einen dieser ausgedehnten Spaziergänge, von denen man immer so viel hört. Ich ging Richtung Berg und folgte dann einem Wegweiser, auf dem »Wanderweg« stand. Das Zustandekommen dieses »Weges« stelle ich mir folgendermaßen vor: Als die Schweiz noch von dem jungen Kaiser regiert wurde, gehörte zu dessen Spielsachen eine Karte des »Chalberhöni« (so hieß der Berg). Eines Tages zeichnete er mit seinem Malstift eine gezackelte Linie auf diese Karte. Die Untertanen missverstanden dies als einen Befehl und übertrugen das Gekrakel eins zu eins auf den echten Berg, in Form rotweißer Markierungen. Diese schicken den Wanderer seitdem ohne

Rücksicht auf Logik und Komfort durch die hindernisreiche Topografie.

Nachdem ich der Route durch Stacheldrähte auf eine schlammige Weide gefolgt war, sah ich die Kühe. Sie hatten nichts mit den degenerierten, trägen Milchbubis aus dem Sauerland gemein, sie strotzten vor Kraft und Witz. Eine von ihnen, die ich hier der Einfachheit halber Chung nennen möchte, rannte in einem Tempo auf mich zu, das ich bis dahin nur von Pferden mit Cowboys drauf kannte. Kurz vor mir kam sie zum Stehen und schaute mich unendlich zutraulich und schmachtend an. Ich versuchte mir die Angst vor zu viel Nähe nicht anmerken zu lassen. Ich tätschelte mit einer groben Herzlichkeit, die Freundschaft signalisieren, mehr aber ausschließen sollte, Chungs paukenhafte Flanke. Das war aber offensichtlich schon zu viel gewesen, sofort begann Chung mich abzuschlecken. Als ich aufhörte gegen die Kuh und ihre Gefühle anzukämpfen, war es eigentlich schön, und die Kleider trockneten schnell in den Resten der Septembersonne. Auch sah man die weißen Speichelrückstände auf meinem weißen Bühnenoutfit fast gar nicht. Überhaupt hatte ich klamottentechnisch alles richtig gemacht: Die hohen Plateauschuhe brachten mich trockenen Fußes durch den Morast, und schon zwei Stunden später saß ich wieder in der Blockhütte am Schreibtisch, genau wie zuvor. Nur erschöpfter. Von der Reise mitgebracht hatte ich eine Plastiktüte voll ungenießbarer Pilze. Vielleicht ist das ja ein Anfang, dachte ich und schlief, den Kopf auf dem Notenpapier, ein.

ACHTUNDDREISSIG

Da war ich also wieder auf der Autobahn, die mich zurück führen würde in die Stadt voller Karussells und Kinos, Massage- und Waschsalons, Mexikaner, Premieren, Boutiquen, Insekten- und Dunkelrestaurants, und zurück in die Wohnung, in der zwei geladene Telefone und ein mit herrlichen Sendern prallvoller Fernseher mich erwarteten. Kurz, ich fuhr zurück in den Pfuhl Geist erschlaffender Ablenkungen, vor dem ich in die Berge geflohen war, um Ideen zu haben. Und? Hatte ich welche gehabt – von diesen Ideen? Ich kramte im Stau mein Notizbuch vor und schlug das erste, das einzig beschriebene Blatt auf, in sinnloser Hoffnung, dort mehr zu finden, als ich selbst hingeschrieben hatte – mehr als diese Notiz, mit der ihr Verfasser, mein früheres Ich, ihren Leser, mein jetziges Ich, beleidigte:

IDEEN

WENIGER LIEDER

WENIGER TEXT IN DEN LIEDERN

Ob der Produzent da wohl positiv Augen macht, wenn ich ihm das vorlese? Wohl vielleicht eher nicht. Und hatte es sich gelohnt, wegen der zwei Einträge, die Wahlen in Berlin zu schwänzen? Das schon eher.

Was hätte ich schließlich wählen sollen? Die sind doch alle sehr gut und bemüht, ihren Job ordentlich zu machen. Rot-Rot hat wirklich toll gespart, das muss man sagen! Aber auch der andere, dieser Pflüger, macht einen guten Eindruck. Und die Grünen sind nach der langen Pause sicher heiß darauf zu zeigen, was sie können. Wie ein Kind im Bonbonladen, das nur ein einziges Bonbon essen darf, hätte ich mich in der Kabine gefühlt. Letztendlich hätte ich wohl Lucy Redler von der WASG genommen. Die sah nett aus auf den Plakaten und wollte die Schlüsselindustrien verstaatlichen. Damit kann in Berlin ja nur die Musikindustrie gemeint sein. Und wenn zum Beispiel Struck plötzlich bei Universal die Bands aussuchen würde, wäre vielleicht alles noch interessanter als jetzt schon.

Oder will Frau Redler vielleicht, dass der Mann, der mir immer die Tür aufbricht, wenn ich mich ausschließe, Beamter wird? Auch das wäre O.k.

Nach einem Hinweisschild mit Besteck fuhr ich ab, und noch bevor ich bewusst erkannte, wo ich war, fühlte ich, als sich die Kurve so merkwürdig lang zog, und, statt zu einem der gewohnten Tanke/Raststätten-Komplexe zu einer dörflichen Kreuzung führte, Vertrautheit in mich sickern. Als ich dann an der Kreuzung dem nächsten mit quadratischem Weiß unterlegten Besteck folgte, sah ich am Ende der Straße die »Pfefferhöhe«[37].

Obwohl ich viel unterwegs bin, habe ich keine Ahnung von der deutschen Geographie. Sie prägt sich mir einfach nicht ein, und sooft ich eine Strecke fahre, vergesse ich sie auch wieder. Ich weiß deshalb nicht, wo diese »Pfefferhöhe« eigentlich genau ist. Ich weiß nur, dass wohl auf nahezu jeder Verbindung zwischen zwei deutschen Städten die »Pfefferhöhe« liegen muss, und dass, immer wenn ich sie passiere, eine geheime Attraktion mich zwingt, dort raus zu fahren.

Die Treue, die ich der Raststätte »Pfefferhöhe« wider Willen erweise, spiegelt sich mir als Anhänglichkeit der Pfefferhöhe, fast als Penetranz, in der etwas Rührendes liegt, wie in der eines hässlichen Hundes, der einem immer hinterher rennt, und den man schließlich aus Mitleid wegen der Kälte, mit der man selbst ihn behandelt, niedlich findet.

Die »Pfefferhöhe« an sich ist eine Mischung aus gutbürgerlichem Ausflugslokal und ätzender Kantine. Draußen erinnern ein alter Kunstrasenteppich und 70er-farbene Markisen an Kindheit. Angeschlossen ist ein Hotel, von dessen Balkons man auf die Terrasse sehen kann, und die man logischerweise auch umgekehrt von der Terrasse aus sieht. Normalerweise sind sie leer, und die Sicht auf die Zimmer von Rouleaus versperrt.

Diesmal aber war es anders. Auf einem der Balkons befand sich eine etwa 50-jährige, aber schon komplett omahafte Frau. Sie saß halb nackt auf einem weißen Plastikstuhl und hatte es irgendwie geschafft, einen Sonnenbrand im Spätsommer zu kriegen. Sie muss den ganzen Tag schon da gesessen haben, ein roter Klos auf einem kahlen Betonvorsprung an einem Nachmittag in einem Hotel neben der Autobahn.

Dass das nicht mal annähernd das Schlimmste war, das es auf der Welt gab, machte mich unendlich traurig.

NEUNUNDDREISSIG

Wir – das heißt Chris Imler, ich und der für die schon zum zweiten Mal dieses Jahr fiebrige Dr. Miess eingesprungene Herman Herrmann – fuhren in einem PKW voller Instrumente durch die Schluchten einer Kurztournee. Über den Rand eines felsigen Abhangs schaute ein steinerner Elch. Gemahnend, warnend oder vielleicht nur zur Zierde? Seltsam unbeweglich hingen Nebelbäusche in den Bäumen, als hätten sie sich verhakt oder wären grad eben als träger Schwefel der Hölle entwichen. Erhaben ging es zu im Schwarzwald. »Die Landschaft ist wirklich sehr schön gelegen«, sagte Chris mit seinem »Ich bin zwar im Arsch, aber immer noch zu Scherzen aufgelegt«-Ausdruck. Im Radio kam ein ebenso experimentelles wie derbes Hörspiel. Ein Bauer oder so erzählte darin, begleitet von den Klängen einer Beatbox, unaufhörlich etwas von hinten einknickenden Kühen und einem »blutenden Scheißloch«.

Herman steigerte und brach gleichzeitig die verworrene Drastik mit einem selbst ausgedachten Spiel: Man musste die Lautstärke des Radios innerhalb eines Sekundenbruchteils von null auf laut und wieder zurück drehen, um dann sofort den gehörten Wortfetzen in Timbre und Tonfall getreu zu wiederholen. Wer in dem so entstehenden Terror dadaistischer Lautechos als letztes verrückt würde, hätte gewonnen. Ein anderes gutes Spiel ist übrigens »Radio-Orakel«. Man stellt dem Radio eine Frage bezüglich der eigenen Zukunft, worauf dieses mit dem nächsten Lied antwortet. Radio-Orakel kann in Einzelfällen folgenreich sein. Trixi zum Beispiel hat wegen dem Selbstmord-Song »Seasons in the Sun« mal ein Jahr lang kaum geraucht.

Im Allgäu verschwand der verrückte Sender, und der Bayerische Rundfunk begrüßte uns mit einer soliden Kindersendung zum Thema Stress. »Hallo, ich bin Nervi, die Nervensäge«, sagte eine Stimme, zu der man sich einen zehnjährigen Jungen oder eine junge Frau in Hosenrolle vorstellen konnte. Ebenso offen wie Nervis Geschlecht war seine Funktion. Er war gleichzeitig personifiziertes Stresshormon und auktorialer Moderator, der den Kindern das Phänomen Stress anhand von Beispielen aus der Steinzeit (Löwe) und heute (Lehrer) nahe brachte. Chris seinerseits hatte, wie um ebenfalls die Sache zu illustrieren, einige zerknitterte Unterlagen für seine längst überfällige Steuererklärung rausgekramt und versuchte sie, zunehmend wütend, auszufüllen. »Wie kürzt man ›circa‹ ab? ›ca.‹ sieht irgendwie scheiße aus«. – »Nein, ›ca.‹ stimmt schon. Aber meinst du nicht, dass ›circa‹ überhaupt ein komisches Wort ist für eine Steuererklärung?« –

»Nervi wurde gesprochen von Olga Luise Dommel«[38], moderierte jemand ab. Olga Louise Dommel ... woher kannte ich nur diesen Namen?

Nach unserem Auftritt beim Münchener Festival »Rage Against Abschiebung«, beeilte ich mich, schnell in den Keller des »Feierwerks« zu kommen, um noch möglichst viel von der »Regierung« mitzukriegen. Als ich ankam, beschimpfte Tilman Rosmy grade die Besucher, weil es seiner Meinung nach zu wenige waren. Zwar unlogisch, dachte ich, aber auch konsequent. Schließlich bedankt man sich ja auch immer bei den »zahlreich Erschienenen«, als könnten die Einzelnen was dazu, dass noch viele andere da sind. Weshalb also nicht auch andersrum? Plötzlich tippte mir wer auf die Schulter. Ich drehte mich um. Über den Rand einer Brille schaute ein lustiges Mädchengesicht. War das nicht diese Gitarristin, die früher bei den »Pop Tarts« war und dann nach München gegangen ist, um Rundfunk zu machen? Olivia oder ... Olga! Olga Luise Dommel! »Hey, Nervi! Wie geht's?«, rief ich und wartete vergeblich auf ein angemessenes Staunen.

VIERZIG

Da waren wir also im »Sankt Oberholz«, diesem Spitzencafé, von dem mir Trixi ein »New Yorker Flair« versprochen hatte und von dem das Buch meiner Schwester seitenlang handelte. Hier säßen die Mensch-Laptop-Hybriden von heute, um über Wireless Lan die Probleme von morgen zu lösen.

Avantgarde war der Laden zumindest insofern, als er Eigeninitiative über Versorgungsmentalität stellte. Hieß: Man musste sich die aparten aber schalen Getränke selber holen. Auch das mit den Laptops war kein Märchen gewesen: 90 Prozent der Gäste saßen an einem. Aber wies sie das, was da auf den Bildschirmen flimmerte, wirklich als die Bolschewisten einer informationstechnisch humanisierten Marktwirtschaft aus? Mal spannen. Eine junge Frau in Violett am Nebentisch grinste, als wäre sie beseelt von einer nicht nur ihr, sondern allen, sogar den Afrikanern zugutekommenden Geschäftsidee. Ich lehnte mich unauffällig zurück und schielte an ihrer Rhabarberlimonade vorbei auf Folgendes: das Reiseportal der Deutschen Bahn. Mmh, na gut, will nichts heißen, fährt vielleicht morgen zu Gott weiß was Wichtigem. Und rechts der Herr in Jeans und Sakko, dessen heller Dreitagebart[39] sein freundliches Gesicht aussehen ließ, als wäre es voll Puderzucker? Was hatte der auf der Pfanne?

Hier sah man nicht gleich, um was es sich handelte. Die Seite war in gedeckten Farben gehalten, das Design hielt die Balance zwischen feudaler Eleganz und futuristischem Schick, verheißungs- und geheimnisvoll. Es mochte sich um eine Loge handeln, einen Herrenraucherclub oder eine Elite-Fernuni. Oder war es doch eine Art … Speisekarte? Jetzt erkannte ich schockiert rechts oben das Logo des Cafés, in dem wir gerade saßen: »Sankt Oberholz«.

Nun war ich doch froh, dass das nur die erste Station des Abends war. Als nächstes ging es in ein irgendwie mit dem agrarwissenschaftlichen Institut verbundenes alternatives Kulturzentrum. Es nannte sich »Krähenfuß« – ein Name, bei dem man sich entscheiden musste, ob man lieber der Assoziationskette Richtung Tränensack und Hühnerauge folgen oder den Fingerfarbencharme autonomer Widerborstigkeitsmetaphorik wiedererkennen wollte.

Der Eintritt war umsonst, die Toiletten waren dreckig. Auf ihren Türen wurde in dem typischen aufgebrachten, theoretisierenden Ton diskutiert, der noch aus einer Zeit stammte, in der man dachte, irgendwas hinge davon ab, ob ein paar bekiffte Scholastiker richtig schlussfolgern. Vielleicht waren die Türen aber auch einfach so alt.

Wir waren hier, um ein Konzert von Ja, Panik anzuschauen, eine Gruppe, die Britta aus Wien apportiert bzw. adoptiert haben. Ja, Panik sind jung, klingen aber unmodisch, insofern sie nicht die vorletzten Schreie »alternativer« Musik ins Mittelmäßige, Größenwahnsinnige, kurz: Deutsche übersetzen, wie man es hier sonst kennt.

Bei ihnen hallen Neil Young und Fehlfarben nach, gehen aber auf in dem eigenen Ton, den Andreas Spechtel trifft, wenn er singt: »Zwischen 2 und 4 ist die Stadt in meiner Hand«. Die Euphorie, die aus solchen Sätzen spricht, wirkt nie sportiv, ihr ist immer eine drogenbleiche Morbidität beigemischt, und eine Absage. Der Refrain geht dementsprechend: »Ich schreie: *Nein, nein, nein, nein, nein, nein nein* in zwölf verschiedenen Sprachen.« Und dazu schreien wir: Ja!

EINUNDVIERZIG

Im Badezimmerspiegel war ein Affe. Als ich seufzte, seufzte er auch. Andere, dachte ich, haben noch viel stärkere Nasolabialfalten. Aber irgendwie sehen die bei denen immer so aus, als gehörten sie dahin, sie trennen logisch den Nasenlippenzwischenraum von den erhabenen Bäckchen. Mit einer graden Linie! Bei mir sind sie in einem völlig sinnlosen Bogen irgendwo ins Gesicht geritzt und ließen mich, wie mir jetzt einfiel, gar nicht so sehr einem Affen ähnlich sehen, als vielmehr einem von diesen Menschen aus »Animal Farm«, dem Cartoon, mit dem damals die seinerzeit sicherlich starken stalinistischen Tendenzen in den westeuropäischen Kindergärten eingedämmt werden sollten. Vielleicht, dachte ich, war bei mir der Zeit einfach ihr Zahn ausgerutscht.

Auf der anderen Seite war ich auch stolz, dass ich es geschafft hatte, morgens um halb fünf aus dem Bett zu kommen, denn normalerweise stehe ich immer erst um halb sieben auf oder sogar noch später. Aber heute musste ich den Billigflieger nach Österreich erreichen. Die Gruppe Ja, Panik hatte mich nämlich, vielleicht wegen meiner Hofberichterstattung in Kapitel 40, als Stargast zu ihrem Wien-Konzert eingeladen. 443322[40]. Wegen des Obertonsalats klangen die Vieren tiefer als die Dreien und Zweien, die Taxinummer somit wie die letzten sechs Noten vom Donauwalzer-Thema. Wie passend! Pünktlich um halb sechs war ich am Flughafen. »Wien« stand auf dem Monitor am Schalter, vor dem eine endlose Schlange stand. Ich stellte mich hinten an und träumte. Ich weiß nicht mehr, in welche Gedanken ich dann versank, aber als ich, vermeintlich kurze Zeit später, wieder zu mir kam, glaubte ich eine Frau neben mir sagen zu hören: »Der Sohn meines Hundes ist auch ein Hund«. Aber das konnte doch nicht sein! Ungläubig sah ich auch auf den Monitor, der jetzt nicht mehr Wien, sondern irgendwas mit Z anzeigte, und auf die Uhr: Sie schlug grade sechs. Ich hatte also wirklich beim Schlangestehen mein Flugzeug verpasst!

Nur acht Stunden später kam ich aber dann doch im »Chelsea« an und begrüßte die übermüdeten und etwas beleidigten Japanics. »Wir haben extra durchgemacht, um mit dir zu frühstücken«, sagte der eine. Untröstlich war ich und geschmeichelt.

Mein kurzer Solo-Auftritt war fantastisch. Es gab

viele technische Probleme, und das ist ja immer gut. Die Leute lieben das! Sie wollen keine Show, die abläuft wie ein Waschmaschinenprogramm, sie wollen, dass man da oben gegen tausend Widrigkeiten seinen It-Boy steht. Wie ein sexy Donald Duck. Andererseits: Bei den Japanics anschließend ging gar nichts schief, und es war trotzdem super. Mmh (später drüber nachdenken).

Nach den Zugaben hatten Ja, Panik es eilig, fortzukommen, es gäbe hier viele Leute, denen man nicht über den Weg laufen wolle, Frauen zum Beispiel. Sie hatten offenbar schon jetzt einen Haufen gebrochener Herzen im Keller, dabei fing ihre Karriere doch grade erst an. »Komm doch noch mit in unsere WG«, schlugen sie vor, »Wir haben noch Johanniskraut und für später Baldrian zum Runterkommen.«

Zum Baldrian kam es aber dann nicht mehr, um neun Uhr morgens fuhren die anderen weiter nach Linz zu ihrem nächsten Termin. Ich blieb da und schlief bis zum Abend, sodass ich die Geisterbahn auf dem Prater, die mir empfohlen worden war, verpasste. Den Nachtzug nach Berlin bekam ich aber.

ZWEIUNDVIERZIG

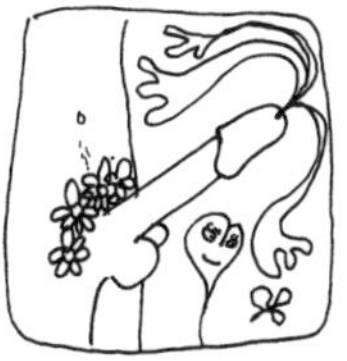

»Habt ihr Lust, heute Abend in einen Pornofilm zu gehen?«, fragte Julian mich und Dr. Miess, während wir drei uns im Park auf einem begehbaren Schachbrett sonnten. Um uns herum lag warmes Laub und das Bauernmassaker eines fremden Remis. Dabei fiel mir ein, dass T9 bei »Penis«[41] immer »Remis« zu schreiben pflegte. Machte es das eigentlich immer noch? Manches haben sie ja geändert. Früher lief die Wortmetamorphosenstaffage bei »Schnee« wie folgt: sah-rainsahne-schnee. Wunderschön. Heute heißt es statt »Sahne« bereits vorwitzig und unpoetisch »Schne«. Schade. Aber wie kam ich eigentlich darauf? Ach ja: »Porno?«, antwortete Dr. Miess, »Wieso das denn? Das machen wir doch sonst auch nie. Pornos lädt man sich doch, wenn überhaupt, zu Hause runter und sieht sie sich dann in aller Ruhe an – so wie Fußball oder Wahlen« – »Nein, ich nicht«, sagte Julian. »Ich habe Hemmungen, im Netz auf diese Seiten zu gehen. Ich habe immer Angst, die Nachbarn gucken ins Fenster und sehen dann, was das für Bilder sind, die sich da in meiner Brille spiegeln.« In unser erstauntes Schweigen hinein sprach er weiter: »Außerdem will ich ja nicht in ein normales Pornokino mit schmutzigen alten Männern. Heute ist doch der letzte Tag vom Pornofestival. Und im Kant-Kino läuft ›Female Fantasies‹, ein Film von einer Frau, wisst ihr, wo Sexualität mit weiblichem Blick betrachtet wird.« – »Mit weiblichem Blick? Sieht man dann beim Doggy Style immer nur das Kopfkissen?«, fragte Dr. Miess mit einem verschmitzten Blinzeln ihrer kleinen halbrumänischen Augen, war aber, genau wie ich, schon halbwegs überzeugt.

Denn von der herkömmlichen Pornografie sich enttäuscht abzuwenden, gibt es weiß Gott nicht wenige Gründe. Ich will nur ein Beispiel nennen, das mich betrifft. Zur Zeit, als meine Sexualität erwachte, und sogar noch, als sie bereits mit der Zeitung und einer Tasse Kaffee im Pyjama am Frühstückstisch saß, war es normal, dass Mädchen Haare hatten. Und zwar nicht nur auf dem Kopf. Unter dem Arm konnte man sich als Frau zwar rasieren, musste aber nicht, und Schambehaarung wurde geradezu als erotisches Heiligtum verehrt, z. B. in Form von Madonnas »Bush«. Dann kam die Wende. Der Ostblock brach zusammen, und Rocko Schamoni sang »Berlin Girl, deine Haare sind wie Mauern. Schneid sie ab, und du bist frei!«

Ich weiß nicht, ob wirklich dieses Lied den Paradigmenwechsel brachte oder der zunehmend schlechte Klang, den das Wort »Bush« schon damals in der Welt anzunehmen begann. Jedenfalls entfesselte die neue Weltordnung Heuschreckenschwärme, die die Schöße der erotischen Fotomodelle nach und nach kahl fraßen. In letzter Zeit kamen selbst Männer nicht ungeschoren davon. Will man heute im Netz normal behaarte Frauen sehen, wird man wie ein Päderast oder Pferdefreund auf obskure Spezialseiten verwiesen. Kurz: Ich erwartete mir einiges von diesem Film, der antrat, alles anders zu machen.

Die Regisseurin hieß Petra Joy und hielt eine kurze Einführungsrede. Sie war Ende dreißig, wirkte sympathisch und kompetent. Dann ging der rote Vorhang auf, und ein rauchiges Saxofon spielte erotische Themen, und zwar erotisch im Sinne von Erika Berger. Ein braungebrannter Surfhippie und eine Dutzendgesichtige schlüpften dann im Rahmen einiger Clips, wie man sie nachts vom DSF kennt, in verschiedene Rollen. Freier und Nutte im »Moulin Rouge« zum Beispiel, olala. Und Haare? Error! Es war niederschmetternd. Mein Zettel, auf den ich mir doch ganz viel notieren wollte, blieb fast leer, bis auf die Gleichung »weiblicher Blick = männlicher Blick + schlechtester Jazz der Welt und Rosenblätter in der Badewanne.«

DREIUNDVIERZIG[42]

Wir saßen bei einem Italiener in Kreuzberg und schauten traurig raus. Wieder waren neue Heizpilze gewachsen. Wo Heizpilze wachsen, gibt es keine Hoffnung mehr, sie werden erst als Fruchtkörper sichtbar, wenn das Myzel der Gentrifizierung schon das gesamte Viertel unterirdisch durchzogen hat, und der rasende Abstieg Richtung bessere Gegend nicht mehr aufzuhalten ist.

Chris erzählte Geschichten aus der Zeit, wo es hier noch keine Heizpilze gab, sondern nur Wachtürme.

Er erzählte von der Zeit, als er auf brennenden Mülltonnen Schlagzeug spielen lernte, und die Golden Showers sich zusammenfanden. Die Zeitzeugen am Tisch wurden wach und schwelgten in Erinnerungen an die Ausbrüche des Schmutz und Lärm speienden Vulkans, der diese Band gewesen sein muss.

Chris erzählte aber unbeirrt weiter: »Jedes Jahr im Winter machten wir Müllpartys. Erst wurden so viele prallvolle Müllsäcke an der Decke befestigt wie möglich. Dann wurde die Wohnung mit mehreren voll aufgedrehten Heizlüftern auf etwa 50 Grad geheizt. War ja scheiß egal, wie viel die schluckten, Strom war schließlich für uns alle umsonst. Also, stellt euch das vor: draußen klirrende Kälte, drinnen Sauna. Die Stimmung war Wahnsinn. Wenn es eh schon wie in einem Schweinestall zuging, weil wir noch schneller als sonst besoffen wurden und halb nackt waren und schwitzten, wurden die Tüten mit dem Müll aufgeschnitten.«

Eine bizarre Geschichte war das. Hatte ich sie wirklich gehört? Ich fühlte mich irgendwie komisch. Dann kam noch eine Geschichte: Von einem Freund, dessen Leiche Chris mit Hilfe der Nachtschwester aus dem Krankenhaus stahl. Das war doch alles nur Einbildung. Der Kellner fragte, ob wir noch was trinken wollten, aber mir war gar nicht nach trinken. Im Glauben, ich müsse mich nur mal ausruhen, ging ich früh heim. Morgens um fünf wachte ich auf und schaltete das Licht an. Die Wand links von meinem Bett blähte sich wie ein Segel. Auf ihr Schatten – Scherenschnitte kleinteiliger Arabesken und Skelettreigenmuster. Eigentlich schön, wenn mir nur nicht so wahnsinnig schlecht gewesen wäre. Das müssen die Pilze beim Italiener gewesen sein, fiel mir ein, nicht die Heiz- sondern die Steinpilze. Ich ging ins Bad und brach. Solange man in Kreuzberg wenigstens noch vergiftet wird ..., begann ich versöhnlich zu denken, doch ein besonders starker Krampf unterbrach mich.

VIERUNDVIERZIG

Ich holte Trixi bei ihrer Schwester Sonja ab. Sie war grade erst eingezogen, und die Möbel hatten sich noch nicht ihre Plätze gesucht. Irgendwo in der Mitte an einem offenbar zufälligen Ort stand ein Schreibtisch, an dem Sonja tippte und sich festhielt wie ein fröhlicher Schiffbrüchiger an einem rettenden Brett. »Sie schreibt zum 13. Mal ihre Essay-Sammlung um«, sagte Trixi, »weißt du, ihre besten Artikel aus Spex, Frankfurter Rundschau, Intro und so weiter. Für Suhrkamp. Am Donnerstag sagte sie zu mir, ›Trixi‹, sagte sie, ›ich hab mir überlegt, ich schlafe jetzt überhaupt nicht mehr, ich glaube, das ist eine vernünftige Idee, was soll immer dieser Regenerierungsquatsch, ist doch nur ein Vorwand, um faul rumzuliegen‹, sagte sie. Und irgendwas Seltsames ist mit diesem Buch, es geschehen so Dinge, seit sie es schreibt, kein Scheiß. Gestern haben wir diskutiert, wie viel über Grunge im Buch stehen soll, ob es ein extra Kapitel über die Foo Fighters geben soll und so. Plötzlich klingelte es an der Tür, ich machte auf, und da war ein bärtiger Mann. Er sprach mit einem starken amerikanischen Akzent. Er sagte: ›Hi, ich bin Jake, ich bin ein Kumpel von deinem Vormieter, ich wollte noch Sachen von ihm holen‹, bla bla, und dann guckte er so komisch, und dann sagte er, ›Hey wir kennen uns doch, wir haben mal zusammen gespielt.‹ Und dann erinnerte ich mich an ihn. Er war mit auf der Girls got Rhythm-Tour dabei und kam aus Seattle. Wir fingen an zu plaudern, er erzählte Storys, und es stellte sich heraus, dass er eine Band mit dem Nirvana-Drummer hatte, dem *vor* Dave Grohl, weißt du, und dass er sogar Kurt Cobain kannte. Ist das nicht irre? Als hätte jemand ihn geschickt, um uns ein Zeichen zu geben.«

Danach schwiegen wir eine Weile und betrachteten die ins Schreiben Versunkene wie einen beruhigenden Zimmerspringbrunnen, ohne Rechenschaft darüber, dass auch sie uns bemerkt, und überrascht, als sie aus heiterer Stille zu sprechen begann:

»Als ich klein war, Jens, hatte ich einen grünen Wellensittich. Ich wollte ihm unbedingt das Sprechen beibringen. Lori hieß er. *Lori, Lori!,* so stand ich stundenlang vor dem Vogel, aber nie kam von ihm ein Geräusch zurück, das auch nur entfernt nach *Lori* klang. Das reicht wohl noch nicht, dachte ich, und besprach eine ganze Kassette, die dann von morgens bis abends in einem Rekorder neben dem Käfig lief – mit *Lori.* Aber auch das brachte nichts.

Jeder andere hätte sich daraufhin sicher gesagt, dass der Vogel entweder stur oder dumm ist und hätte es aufgeben. Ich sagte mir, es liegt bestimmt am Namen, und nannte das Tier einfach um. Siehst du, und wie mit dem Vogel ist es auch mit den Texten. Ich lasse sie nicht in Ruhe, ehe sie nicht zu mir sprechen.«

Mit dem letzten Wort ihrer Fabel erlosch Sonjas Kontaktfreude wie eine abgelaufene Höhensonne, und sie fiel wieder in den hellwachen Schlummer ihrer Arbeit.

Trixi und ich hauten ab Richtung Mitte. Die Multiinstrumentalistin und Sängerin Bernadette Hengst feierte ihren Geburtstag zusammen mit einem gewissen »Pastor Leumund« in einem gemütlichen Schuhkarton von Club, dem »Licht«. Pastor Leumund stellte sich als jemand mit einer Clownsnase auf heraus. Er sei, erklärte uns Bernadette, tatsächlich Pfarrer einer konfessionsfreien Gemeinde in Zürich und predige dort im »Cabaret Voltaire«.

Auf der Einladung hatten sich die Geburtstagskinder musikalische Darbietungen von jedem ihrer Gäste gewünscht. Das hatte unter vielem anderen einen völlig geistesgestörten Kanon über das Rauchen zur Folge, den wir anhand ausgeteilter Textblätter angehalten waren, mitzusingen. Die beste Performance war aber die von Pastor Leumund selbst. Etwa zehn Minuten lang sang er über ein störrisches Elektro-Playback den Satz »Born to have Geburtstag«. Das war nicht nur schlicht und groß, es war wirklich erweckend. Ich möchte mich bedanken. Amen.

FÜNFUNDVIERZIG

Ich muss meine Serie egozentrischer Sittengemälde leider für ein Stück ernsthaften Journalismus unterbrechen. Das Verblassen einer der schillerndsten Bühnenfiguren der Stadt zwingt mich zu einem vorzeitigen Nachruf. Die Rede ist von Sharky[43] dem Hai, Fils jahrelanger Handpuppe. Am letzten Samstag, bei der »Fil + Sharky«-Show im Mehringhof-Theater, durfte sie im Hauptprogramm nur noch ein kleines Gedicht sprechen. Was ist vorgefallen zwischen Fil und seinem Edel-Sidekick, dem kleinen Hai aus Stoff und Träumen? Ist Fil etwa neidisch geworden auf die Popularität Sharkys? Ganz abwegig wäre das nicht, in den letzten Jahren ist der schließlich zum heimlichen Star des Programms geworden mit seiner … ja, mit was eigentlich? In Sharky habe er, Fil, nur seine negativen Persönlichkeitskomponenten abgesplittet, wie Split ja auch nur die kleine wässrige Abspaltung des prächtigen Magnum sei, sagte er am Samstag in der Show, die für Sharkys Ruf vielleicht schon so was sein sollte wie der 20. Parteitag der KPdSU für Stalins. Aber der diktatorische Raubfisch war mehr als ein psychoanalytisches Abfallprodukt, er war eine humorhistorische Sensation. Er war die typische Handpuppe und ihr Gegenteil. Wie alle typischen Handpuppen war er eine kreischende Nervensäge, aber in ihm transformierte sich kein freches Kind oder anarchischer Kobold, sondern ein zutiefst autoritärer Charakter. »Piraten im

Garten sind poltrig und laut / Piraten im Garten, menschliches Unkraut« sang er und gebar so der Kleinbürgerhymne »Lustig ist das Zigeunerleben« ein böses Geschwister. Er berlinerte im Ton spießiger Beamter, war aber auch herrische Diva, die bei der kleinsten Unterbrechung ihrer Vorträge ausflippte. Vielleicht musste er auch deshalb gehen, vielleicht hatte Fil einfach genug von den wüsten Attacken seiner eigenen Puppe. Auch wenn er in zahllosen screwballartigen Shizo-Sketchen deren Abhängigkeit von ihm, ihrem Spieler, zum Thema machte, konnte ihm nicht ganz geheuer sein, wie lebendig, eigenständig und letztendlich unkontrollierbar die Figur mit der Zeit geworden war.

Vielleicht, und das ist die letzte, lapidarste und hoffnungsloseste Erklärung, ist Fil aber auch einfach nur heiser geworden vom vielen Plärren im sehr hohen Sharky-Register. Mir ist, als hätte er uns, seinen Bewunderern, auf einer Aftershow-Party mal von dem Rat seines Arztes erzählt, seine Stimmbänder zu schonen, da sich auf ihnen schon kleine Flossen gebildet hätten. Wir hielten das damals für einen Witz oder Koketterie, jedenfalls aber für halb so wild. Aber hatte sich seitdem nicht tatsächlich eine beunruhigende Schwäche ins Timbre des Hais gemischt, die wir mit vorübergehenden Erkältungen zu erklären und herunterzuspielen versuchten? Doch. Und wir sollten uns der harten Wahrheit nicht verschließen, sondern innerlich Abschied nehmen und Sharky Lebewohl sagen und viel Glück wünschen für seine letzte Reise ins Haifischbecken Rumpelkammer.

Sharky hinterlässt eine schmerzliche Lücke, die nicht so schnell wird gestopft werden können. Für Schnecki und Schweini etwa haben sich seine Fußstapfen eindeutig als zu glitschig erwiesen. Und für Fil selbst wird sich die Frage stellen: Hält er der Belastung stand, der beste Stand Up Comedian Deutschlands zu sein, ohne ein Alter Ego, das ihn runtermacht? Wir hoffen das Beste.

SECHSUNDVIERZIG

Seit fast zwei Monaten arbeite ich jetzt schon an den Aufnahmen für meine nächste Platte, ohne auch nur ein Wort davon in diese Sammlung hier, in die »52 Wochenenden« fallen zu lassen. Das hat einen Grund. Als »Labels Germany« mich drängte, bis zum Jahresende neuen Stoff abzuliefern, empfahlen sie mir auch einen Produzenten: Berend Intelmann, ganz früher Schlagzeuger bei »Hallelujadingdonghappyhappy«, später lockiger Kopf des Popduos Paula. Jetzt hat er sich mit einem Bekannten zusammen ein Studio gebastelt. Unser Treffen dort sollte eigentlich nur ein erster unverbindlicher Auracheck sein, aber dann spielte ich ihm ein paar Ideen für Lieder vor, und wir fingen fast auf der Stelle an, zu arbeiten. Ich war angetan von seiner Herangehensweise, nicht nur in musikalischer, auch in organisatorischer Hinsicht. Berend heiligt nämlich (ich hoffe ihr spürt, wie sich der Kreis schließt) das Wochenende. Sein Grundsatz sagt, dass Arbeit ohne Unterbrechung weniger Zeit spart als kostet. Seine ausgeruhte Effizienz gibt ihm Recht und uns einen festen Rahmen, den nur Chris Imler ab und zu sprengt. Er war zunächst nur als Schlagzeuger eingeplant, aber die Lieder, nein: die von ihm zu den Liedern getrommelten Spuren haben ihn so in Bann gezogen, dass er jetzt mitbestimmen will, was mit ihnen weiter passiert. Jetzt muss man noch wissen, dass der Mann, mit dem Berend das Studio teilt, Sammler und sogar Schöpfer ausgefallener Instrumente ist, von denen uns dadurch ein unüberschaubarer Park offen steht, und von denen Chris jedes einzelne an einem Song ausprobiert haben muss, bevor er bereit ist, die Arbeit daran für beendet zu erklären. Während der ausufernden Sessions spaltet sich Berend in zwei Produzenten. Einer möchte möglichst viel von Imlers Sprühgeist absahnen, der andere will fertig werden. So kommt es nicht selten zu einem Gespräch wie diesem (bei dem Berend mit mir in der Regie sitzt, Chris für uns unsichtbar, aber gut zu hören im Aufnahmeraum):

Chris: (((pling pling)))
Berend: Chris, ich glaube, das bringt nichts mehr.
Chris: Moment, nur das noch! (((plong plong)))
Berend: Nein, das hat alles keinen Zweck mehr.
Chris: (((plang plang plang)))
Ich: Oh, das ist aber jetzt ganz gut.

Berend: [leise, sehr wütend] Ja. … Das ist jetzt NATÜRLICH mal wieder gut. Verdammte Scheiße!

Wie ein werdender Vater auf dem Krankenhausflur, bin ich dabei trotz aller Nutzlosigkeit angespannt und bedürftig nach Samstag.

An diesem erholte ich mich in einem Tonstudio. Sonjas Buch »Zuckerbabys« sollte hier zum Hörbuch werden und da es unmöglich gewesen wäre, für all die Songs, die vorkommen sollten, die Rechte zu bekommen, hatte Sonja eine Band für die Soundalikes zusammengestellt. Neben mir waren dabei Herman Hermann, Bernadette Hengst und ein freundlicher, mir vorher unbekannter Matze.

In der Studioküche saß auch Jana Pallaske, die die Hauptrolle sprach. Wir unterhielten uns etwas und sie sagte, was sie am Schauspielen nervt, ist, dass man sich nicht richtig ausdrücken kann, und dass sie deshalb lieber Musik macht. Ich merkte, als sie sprach, dass es bei mir genau andersrum war. Ich hatte das, was die Leute immer »ausdrücken« nennen, gemacht, seit ich dachte. Ich hatte tausende Wörter und Töne auf Goldwaagen gelegt, Kunsthonig gesammelt und wieder und wieder probiert, zweifelnd, begeistert vielleicht, aber manchmal war ich es satt und beneidete beinahe die Schauspieler. Etwas können, was einem nie mehr jemand nehmen kann, und es so machen, wie es einem gesagt wird – das musste doch auch mal schön sein.

Und dann fiel mir auf, dass ich ja genau das an diesem Samstag tat, und dass ich vermutlich deshalb so entspannt war. Hermann schien es ähnlich zu gehen, er klopfte fröhlich mit dem Löffel auf den Grund seiner Kaffeetasse. Der Ton wurde immer höher. »Ist irgend so eine Atomgeschichte«, erläuterte er, »geht aber nicht mit jeder Tasse. Und wenn der Kaffee kalt ist, geht es auch nicht mehr.«

»Sagt mal«, sagte Bernadette, »Wir haben jetzt schon Mudhoney, Echt, Culture Club und Sepultura: Wie viele müssen wir noch?« – »Zweiundzwanzig«, antwortete Sven, der Aufnahmemensch. Zweiundzwanzig noch. Wie herrlich!

SIEBENUNDVIERZIG

Brokdorf war einer der Orte, an denen Anfang der Achtziger viele vom Ausbleiben der Weltrevolution enttäuschte Linke ihre ausgebrannten Brennelemente wieder aufbereiten ließen. Wie heftig die Romantisierung der Atomkraftgegnerschaft gewesen sein muss, zeigte mir die Erzählung eines älteren aber wieder nicht zu alten Freundes: Er habe in der Zeit der großen Demos oft geträumt, er würde mit dem Mädchen, in das er damals von Ferne verknallt war, am Bauzaun stehen und es küssen, während die Wasserwerfer der Bullen auf sie einprasselten (oder so ähnlich). Total beknackt, fügte er hinzu, sei das ja wohl gewesen, und ich stimmte einerseits zu, andererseits: es war halt Pubertät, was hätte er machen sollen. Und wenn nicht viele andere auch so dumm geträumt hätten, wäre, wer weiß, nicht nur in Brokdorf, sondern auch in Wackersdorf gebaut worden.

Brockdorff wiederum war eine Widerstandskämpferin im Zweiten Weltkrieg, die 1943 in Charlottenburg hingerichtet wurde. Im Westen kennt man ihren Namen kaum, aber im Osten Deutschlands, wo man Antifaschismus bis vor kurzem noch hochhielt, hat er einen gewissen Klang, weshalb sich in Leipzig eine Band »Brockdorff Klanglabor« nannte. Deren Keyboarder hat mir mal einen Pickel ausgedrückt – als Gegenleistung empfahl ich sie Alfred Hilsberg für sein Label ZickZack. Nun hat Alfred nicht nur seine Vergangenheit als großer mittelloser Punkmäzen, sondern auch in einem noch früheren Leben ausreichend viel Zeit in K-Gruppen verbracht, um bis heute auf alles allergisch zu reagieren, was nur entfernt an irgendeinen verwässernden Umwelt- oder Friedensscheiß erinnert. »Die müssen sich umbenennen, wenn sie bei mir rauskommen wollen. Sonst denken doch alle, die machen experimentelle Protestsongs, Schreibweise hin oder her«, verkündete er regelmäßig, aber die Band blieb stur.

Mit Nancy, der Sängerin, traf ich mich am Samstag in Tobias Levins Hamburger Studio zu einem Duett. Es handelte sich um eine von Nancy und mir besorgte Übersetzung des Baxendale-Stücks »Music for Girls«[44].

Wir hatten das Lied schon mal für einen Sampler aufgenommen, der nie erschienen war. Die Gesänge waren hörbar beschwipstes Homerecording gewesen. Jetzt wollten wir sie fürs Brockdorff-Album noch mal in Ordnung bringen. Damit wir beide gleichzeitig in ein Mikro singen konnten, musste Nancy sich auf eine Kiste stellen. Schnell zeigte sich, dass es schlauer war, getrennt zu singen, um Kopfverletzungen zu vermeiden. Trotzdem blieb Nancy auch ohne mich, also ohne Not, bis zum Ende der Aufnahmen auf ihrer Kiste stehen. Süß.

Nach dem Singen bekamen wir Durst und gingen alle noch, wie immer in Hamburg, wenn der »Golden Pudels Club« zu weit ist, in die »Mutter«. Auch wenn diese unscheinbar retrochice Kneipe nicht mehr ganz der vom Popdiskurs dröhnende Westernsaloon war, wie noch zur Hamburger Schulzeit, regte die Atmosphäre immer noch auf spezielle Art an, und wir unterhielten uns wie am Spieß. Über Musik, wie oft, aber nicht auf diese Berliner Schluffi-Art – so, wo kommt denn jetzt deren Platte raus, und wie läuft's bei dem und dem so – sondern mit Hamburger Strenge und Differenzierungswut: Welche Texte lassen wir durchgehen, und wie darf sich eine Band grade aus welchen Gründen partout nicht anhören. Mit von der Party war inzwischen auch die Pfälzerin, Alfred Hilsbergs immer grün angezogene rechte Hand. Da ihre alltägliche Arbeit zu einem nicht unwesentlichen Teil darin besteht, die handschriftlich gekrakelten und verworrenen Faxe Hilsbergs in geschäftstüchtige E-Mails zu übersetzen, trinkt sie abends gerne viel Schnaps. Leider gab's irgendwann keinen mehr. Die letzte Runde hatten wir wohl verpasst. Uns blieb nichts übrig, als die Bierreste gegangener Gäste in unsere Weingläser zu gießen. »Irgendwie ekelig, oder?«, fragte Nancy, worauf die Pfälzerin ihr das Glas mit der schon schaumlosen aber noch leicht perlenden Flüssigkeit vors Gesicht hielt und sagte: »Schließ einfach den Mund und stell dir vor, es wäre Sekt!«

ACHTUNDVIERZIG

Ein wahrer Sturzbach an Filmen, Ausstellungen, Kongressen und Theaterstücken zum Thema RAF[45] ist über unser Land hereingebrochen, seit Bum Khun Cha Youth 2000 »Feelings« aufnahm, ein Euro-Dance-Album zu den Themen Terror und Tiere. Die Wirkung ist bemerkenswert, vor allem weil die Platte bis heute nicht erschienen ist und sich so einer breiten Öffentlichkeit meerjungfräulich entzieht. Aber erinnern wir uns an die erste Velvet Underground: Nur 1000 Leute kauften sie, aber jeder von ihnen gründete eine Bande.

Kurz bevor ich Köln verließ, spielten Felix und ich eine Zeit lang bei der Bum Khun Cha Youth und brachten so Clique und Band zur Deckung. Felix war Bassist, ich saß am Schlagzeug. Von den wenigen Proben ist mir in Erinnerung, dass Linus immer sofort nach Hause wollte, während Uli beim Versuch, mir meinen Part mittels obskurster Spezialbegriffe beizubringen, in Rage geriet: »Einen einfachen Dobser-Rhythmus sollst du spielen, ist das denn so schwierig?« Viel später erfuhr ich, dass in einem Teil Baden-Württembergs Kinder, wenn sie einen Ball prellen, dazu »dobsen« sagen. Uli wollte damit wohl einfach einen ganz graden Beat andeuten. Dann kam das 80s Revival, Gitarren wurden out, die Band gesund geschrumpft und ich nach Berlin geschickt.

Heute waren Uli, Linus und Felix zu Besuch in Berlin, denn im »Golden Gate« stieg die Book-Release zu der Anthologie »Driving Home for Christmas«, zu der Linus als Autor, die BKCY als Tanzkapelle geladen hatte. Als wir ankamen, las schon jemand vor, wie das bei ihm so aussieht, Weihnachten zu Hause. Der Vortrag war typisch schriftstellermäßig: lakonistisch, prätentiös, mit extra langen, peinlich laut gluckernden Trinkpausen – »nachts träumte ich, ich würde verfolgt, wovon weiß ich nicht mehr«. Ah, wirklich? Na, das ist ja sehr uninteressant.

Dann endlich Linus. Erst, als er auf der Bühne saß, bemerkte ich seinen beinahe unsichtbar hellen Schnurrbart. »Wie ihr seht, habe ich nun einen Bart. Ich muss sagen, er juckt ziemlich. Wenn ich ihn mir abnehme, habe ich ihn gleich noch mal als Flechte.« Dann folgte seine Weihnachtsgeschichte, zum Glück kein sensibel wägendes Gewäsch, sondern eine harte, gerechte Abrechnung mit der Provinz.

Als BKCY ihren ersten Hit »Hungern gegen den Staat« spielten, waren die Leute auf der Tanzfläche bereits brechend voll.

GASTKOLUMNE

Ich freue mich, an dieser Stelle Linus Volkmann persönlich begrüßen zu dürfen. Er wird im Folgenden die Eindrücke schildern, die sich ihm darboten, nachdem er uns an jenem soeben beschriebenen Abend verlassen hatte. Ich darf hinzufügen, dass ich Linus als einen zuverlässigen und seriösen Journalisten kenne, und dass es für mich keine Veranlassung gibt, an seiner Sicht der Ereignisse zu zweifeln. Ich gebe nun das Wort an ihn:

Der Abend im Golden Gate war dann auch zuende, und es stand an, mit einem IC nachts zurück aufs Dorf, nach Köln, zurückgekarrt zu werden. Es muss der allerletzte Zug gewesen sein. Und obwohl die Samstagsspiele der Bundesliga schon seit fast 12 Stunden abgepfiffen waren, befand ich mich mit meinem Partner Uli in einem Großraum-Abteil voller Fußballfans. In einem Raucherwagen mit dieser Trikotfolklore, Bieren und ihren Fressen über Land zu reisen, das war das absolut Größte für sie. Als Snobs aus der Friebe-Peripherie hatten wir für dieses Leben natürlich nur Mitleid und Ekel übrig (und fühlten uns – wie von so vielen Hetero-Männern – diffus körperlich bedroht). Doch das sollte sich ändern. Ich spielte mit Uli

»Wer wird Millionär« auf meinem Handy. Er riet eine Scheiße zusammen, ich wusste auch nichts und 8.000 kam einem bald schon vor wie die Million. Zwischendurch musste ich immer wieder zur Zugtoilette, man darf ja nicht vergessen, dass wir komplett zugezogen waren. Durch diesen Zustand angestachelt begann ich, mit den Fans im Gang vor dem Klo Unterhaltungen zu führen. Es waren einfache, blasse Typen mit Bier und Trikots von bereits verkauften unwichtigen Spielern von Borussia Mönchengladbach. Vermutlich hatten sie sogar Berufe und Freundinnen. Allein schon ihre auffällige Banalität ließ mich erstrahlen, fand ich. Zu allem Überfluss muss man auch wissen, dass ich ungewohnterweise einen schwarzen Mantel trug, eine Krawatte und einen Schnurrbart, den ich mit Edding etwas dunkler gemalt hatte. Was soll man drumrum reden, ich sah also extrem geil aus. Okay, in Berlin hätte man müde lächeln können, aber hier, über Land zwischen Hannover und Koblenz, hatte ich etwas wahrhaft Aristokratisches, etwas Weisungsbefugtes, hier nahm man mir den Look ab und staunte nur noch. Und das umso mehr, als ich mich als dezidierter Kenner von Vergangenheit, Gegenwart und Zukunft von Borussia Mönchengladbach auswies. Das ist natürlich meiner kleinbürgerlichen Herkunft geschuldet – konnten meine Fans halt nur nicht wissen. Ich redete mich in Rage, kam immer öfter zum Klo, wurde dort immer enthusiastischer empfangen, hatte längst jegliches Interesse an meinem sedierten WWM-Partner in seinem Abteilsessel verloren. Die Steigerungen in der Gunst rissen aber auch nicht ab, man begann sich mit mir zu fotografieren. So viel Hybris weckt natürlich schlafende Hunde. Ich bekam davon aber nichts mit. Als es mich wieder zur Toilette zog, schloss ich ab, glotzte im Spiegel begeistert und unentwegt meinen Bart an, während ich pinkelte. Als ich am Ende den Blick löste, blieb nur noch Folgendes festzustellen: Ich hatte nicht ein bisschen diese blöde Schüssel getroffen, dafür stand der Boden vollständig unter Wasser. Oh! Welch hässliche Realität. Meiner Selbst- und der Fremdwahrnehmung keinesfalls würdig. Schnell vergaß ich das Dilemma und taumelte raus zu den Menschen, die mich liebten. Diese Fans da im Gang. Und weiter ging es. Bis plötzlich einer von ihnen entsetzt und angewidert aus dem Klo kam. »Boah, die Drecksau hat alles vollgepisst!« Ich protestierte, merkte aber schnell, dass man sich von Fanseite einig war. Ihr Blick war nun nicht mehr bewundernd und fasziniert, jetzt, so schien es, konnte man endlich einordnen, wer diese Erscheinung war. Ein altes Schwein. Unter Pfiffen und sehr hässlichen Worten wurde ich weggejagt. Nächtens bahnfahrende Fußballfans mit Bier und Schal, der Abschaum des Abschaums also, verachtete mich inbrünstig. Wie ich mich schämte. Vor mir selbst vor allem. Als ich auf den Platz zurückgebuht wurde, schlief Uli schon halb.

NEUNUNDVIERZIG

Gewinner des Wet-T-Shirt-Contests, den ich in der Nacht vom 16. auf den 17. in meinem Bett veranstaltete, war das T-Shirt mit der Aufschrift »100 % Musik-Lotto-Förderpreis 1987«, dicht gefolgt von »The Smiths – Meat is Murder«. Bronze geht an ein hässliches grünes Polohemd.

Dass Erkältungsgrippe für mich eine ausschließlich unangenehme Sache ist, kann ich nicht sagen. Als Kind bekam ich Weihnachten immer eine Mandelentzündung und hohes Fieber, sodass sich bei mir die Vorstellungen Fieber und Geschenke miteinander verbanden wie zwei kopulierende Viren. Bis heute empfinde ich beim Besuch der heiligen drei Symptome (flauer Magen, heiße Augen, rauer Rachen) neben dem üblichen Ärger immer auch eine idiotische, gegenstandslose Vorfreude. Wie anderen der Duft verbrannter Tannennadeln steigt mir Wick Vaporub zu Kopf. Hat man sich das Wick Vaporub nachts dann von der verschwitzten Brust gewaschen und ein frisches, auf der Badezimmerheizung warm gewordenes Hemd angezogen, kann man zurück unter die trockene Zweitdecke und sich wie ein geduschter, erfolgreicher Athlet im Bademantel fühlen – zumal nach Stunden des Hustens der Rumpf zum Wirt eines stattlichen Muskelkaters geworden ist. Das sind die schönen Momente der Nacht.

Weniger schön ist die Fieberfantasie. Ich sage extra »Fantasie« und nicht »Fantasien«, denn pro Nacht gibt es immer nur eine – eine fixe Idee, die man immer und immer wieder durchmachen muss. Sie hat nicht einfach nur die Form einer falschen, vielleicht höchst unwahrscheinlichen, aber doch zumindest vom Gehalt her begreifbaren Annahme, wie etwa »Old Shatterhand liegt unterm Bett und piekst mich«, sondern quält uns als ein in jedem seiner kleinsten Teile unschlüssiger, allen Techniken der sinnlichen und geistigen Weltaneignung, sich diabolisch entziehender Superunfug. Einen solchen Zwangsgedanken exemplarisch in Worte zu kleiden, ist praktisch unmöglich. Ich will es trotzdem versuchen. Meine Bettdecke muss pünktlich zum Begräbnis Bayern gegen Cottbus umgedreht werden, aber das Mehl darf dabei nicht klumpen, sonst werden die Halsbonbons falsch verrechnet. Naja, so in etwa. Mit etwa solch einer Erwägung beschäftigt man sich vielleicht 100 bis 200 Mal, bevor man in einem lichten Moment glücklich hochschreckt und denkt: Nein, nein, halt, das ist ja alles Quatsch! Und nun, da ich es erkannt habe, werde ich die folgenden Stunden in schönster Ruhe und lichter Ordnung verbringen. Aber, ach, wie irrig ist die Zuversicht, rauscht man doch schon in der nächsten Sekunde zurück ins Tal des Wahnsinns – denn wie die Menschheit kann auch der Mensch beliebig oft hinter bereits Begriffenes zurückfallen.

Erst der Morgen macht dem Spuk dann wirklich ein Ende, das Licht der Sonne fällt in die Seele, Vögel singen, so meint man, dabei sitzen die ja schon bei einem kühlen Drink im Süden. Der Krampf der Neuronen löst sich, sogar der Husten lässt gnädig ab. Knarrend öffnet sich ein Törchen im Kalender und heraus fällt eine Mütze Schlaf.

FÜNFZIG

Freitag

»gringo war doch der einzige, der was in der birne hatte. und seine kritik am rio und den gästen leider mehr als berechtigt. ja, früher war das rio wirklich mal innovativ – so 2003 noch. dann kamen heuschrecken-schwärme von bwl-studenten/innen, die sich freuen, wenn sie david bowie erkennen. peinlich, peinlich. die wirkliche party findet längst woanders statt.« Zitat – aus dem Rio-Chat – Ende.

Ich selbst war seit Ewigkeiten nicht mehr im Rio gewesen und erstaunt, dass weder von Heuschreckenkapitalisten noch von sonst wem viel zu sehen war. Im beinahe leeren Vorraum djte Maximilian Hecker stattdessen Stehblues-Klassiker aus den Frühachtzigern sowie eine Reihe eigener Techno-Parodien. Letztere basierten auf Sprachsamples wie »Ich bin Alkoholiker« oder »Ich will endlich gevögelt werden« und machten sich gut zwischen Pierre Cosso und den Bangles. Während er auflegte, erzählte Maxi mir von seinen Abenteuern in Taiwan, wo er inzwischen eine Art Superstar ist, wenn auch, wie er sagte, die orientalische Vorliebe für europäische Schmachtfetzen nicht so genau zwischen deren langnasigen Interpreten unterscheide. – »Als ich Wonderwall spielte, sind die total ausgeflippt. Sie dachten in dem Moment ganz offensichtlich, ICH wäre Liam.«

Aus den vielen glasigen Mädchenaugenpaaren hatte er sich dann natürlich zielsicher das eine ungetrübte ausgesucht und liebte inmitten der Liebe, die ihm entgegenschlug, unglücklich. Wie immer, dachte ich, und wie komisch, dachte ich, dass ich in all den Jahren, die ich Maxi kannte, und auf all den gemeinsamen Touren nie meine Vorstellung von ihm revidieren musste. Nie wurde das Bild des zerrissen romantischen, größenwahnsinnig verschüchterten Künstlers durch etwas Banales enttäuscht oder gewann auf der anderen Seite durch eine unerwartete Dimension an Tiefe. What you see is what you get, oder, wie Gott im ersten Buch Moses schrieb: »Ich bin, der ich bin.«

Wo aber Gringo jetzt war und wo die »wirkliche Party« ohne mich »schon längst« stattfand, wusste ich nun auch nicht. Wohl aber freute ich mich, als mich David Bowie erkannte. Peinlich, peinlich!

Samstag

Vor der Geburtstagsfeier, die Beate gab, war ich offen gestanden etwas nervös. Es waren Kreise vertreten, mit denen Umgang zu pflegen ich nicht die rechte Übung hatte, namentlich eine beachtliche Menge cooler Typen aus der Kinderszene. Nicht dass ich mir nicht auch viel Kindliches bewahrt habe, immerhin bin ich ungebildet und grausam. Aber ich merke doch immer wieder, dass ich nicht mehr richtig drin bin in den Codes der Kleinen und Superkleinen. Verständlich also, dass mich die sechs- bis elfjährigen Orgelpfeifen einschüchterten, welche die gesamte mir gegenüberliegende Seite der pompösen Festtafel und somit eine gute Oktave voll machten. Was reden mit Sid, Nancy, Rocko ... und was für Namen sich die aus Deutschland nach Kreuzberg Immigrierten noch so ausdenken?

Zum Glück fiel mir ein Spiel aus meiner Kindheit ein. Es hieß »Stopessen« und ging so: Wenn beim Essen einer »Stop« rief, mussten alle sofort in der Bewegung einfrieren. Rief aber jemand »Stophexe«, mussten alle die zuletzt vollführte Bewegung loopen. Beide Arten von Bann konnte der jeweilige Rufer durch ein einfaches »weiter« wieder aufheben.

Die meisten jungen Leute kannten das Spiel noch nicht und waren sofort hoch interessiert. Andere kannten es mit anderslautenden Befehlen, zum Beispiel sagte Lemmy, es hieße nicht »Stophexe« sondern »Feuerstop«. Sofort war eine Diskussion im Gange, alle möglichen Fälle von »Stophexe« bzw. »Feuerstop« wurden theoretisch durchgespielt. »Was ist, wenn man sich grade was eingießt?« – »Ja, und was ist, wenn man salzt ... oder bricht?«

Das Spiel selbst zu spielen wurde von keinem der Kinder vorgeschlagen. Vielleicht ein postmoderner Kinderstreich oder, wie Dietmar Dath es nennt, ein

»Streich gegen die Erfahrungswirklichkeit und für das Sekundäre«.

»Ich kenn auch ein gutes Spiel« mischte sich einer der – auch von mir aus gesehen – älteren Gäste ein: »Nonstoptrinken«. Das war auch wieder eine gute Idee. Nicht neu. Aber gut.

EINUNDFÜNFZIG

Weder der alte Renault 5 meiner Schwester noch mein Panda sprangen an, als wir Heiligabend nach Haus fahren wollten. Starthilfe hatte auch keinen Zweck. Vielleicht, so fiel uns später ein, war es ein Fehler gewesen, die eine leere Batterie mit der anderen überbrücken zu wollen. Vielleicht hätte man mindestens EIN funktionierendes Auto gebraucht. Vielleicht hätte man auch eines dieser speziellen Starterkabel nehmen sollen und nicht einfach irgendein … Kabel.

Im Zug las meine Schwester mit finsterer Miene die Rezensionen zu ihrem mittlerweile sehr erfolgreichen Buch mit dem Titel »Das Ende entfremdeter Arbeit dank Web Zweinull«. Lauter Lob von der falschen Seite! Klar, da kann man schon mal sauer werden. »Und die Linken hauen mich in die Pfanne, Jens«, trauerte sie. Anlass hierzu gab ihr ein eigentlich wohlmeinender, hier und da vorsichtig kritischer Artikel aus der Konkret. »Ich sehe ein, dass es dich wütend macht, so falsch verstanden zu werden, Gülümser«[46], versuchte ich zu trösten, »aber schau mal, das sind verbitterte Stalinisten. Die können nicht so einfach umdenken und begreifen, dass Cyberpunks mit cleveren Ideen den Kapitalismus bald so sehr verschönern werden, dass man ihn gar nicht mehr bekämpfen muss.«

Meine Aufmunterung fiel auf spröden Boden. Immer weniger wurde der Blick meiner Schwester ihrem Vornamen gerecht, der übersetzt »die Lächelnde« heißt, und dessen Wahl sich ebenso auf die in anatolischem Mondlicht verbrachte Hochzeitsreise meiner Eltern gründet wie auf die Existenz meiner Schwester selbst.

Bevor es aber zu einem Streit kommen konnte, stieg ein uns bekannter Journalist zu und nahm grüßend bei uns Platz. ER lobte das Buch meiner Schwester und gratulierte zum Tamtam darum. Aus Angst vor den Strapazen einer wirklich anregenden Diskussion schliefen wir aber alle drei bald ein.

Im Sackbahnhof unserer Heimatstadt kamen Gülümser und ich wieder zu uns. Anscheinend waren wir somnambul dem Ruf der Scholle gefolgt und ohne aufzuwachen in den Bummelzug Richtung Lüdenscheid umgestiegen. Draußen tobten Sturm und Dunkelheit. Ein kleiner Mann mit grauem Hut lief am Zug entlang, schlug mit einer Metallstange gegen die Waggons und krächzte: »Aussteigen, alle aussteigen! Endstation!« Bei unserem Abteil angekommen, lugte er böse durchs Fenster und schrie: »Ihr auch. Los, aussteigen!«

Wenig später stapften wir durch metertiefen Regen. Das war es. Unser buckliges, nasses Sauerland, in dem die Zeit stehen geblieben zu sein schien – aber nicht im pittoresken Sinne, so à la Auenland oder spanisches Fischerdorf, sondern eher wie in der Hölle oder einem Knast. Bei der Gaststätte »D'Angelo« zum Beispiel hing immer noch eine Karte aus den Achtzigern draußen, welche die Pizza Calzone als »Überraschungspizza« auswies. Und noch immer, stellte ich mir vor, passiert es einmal die Woche, dass jemand nach langem ausgestelltem Zaudern und Durchringen sagt: »Ach, dann nehme ich jetzt mal die Überraschung.« Und wie ist das Staunen dann jedes Mal groß, wenn gar keine richtige Pizza kommt, sondern nur ein großer Teigklumpen! Gibt's denn da gar keinen Belag? »Isse innedrinne, Signore«, sagt dann Angelo, und alle quietschen vor Vergnügen. Uwes Pizza, wird später resümiert, war echt das Highlight des Abends.

Auch das Garagentor unseres Nachbarn war noch bemalt wie früher. Mit Rolf. Rolf, der gelben Hand, die 93 für die Einführung der neuen Postleitzahlen geworben hatte. »Fünf ist Trümpf« war damals Rolfs Standardspruch gewesen, und nie hatte man ihn ohne seine Sonnenbrille gesehen, sein »Markenzeichen«. Aber die Farben seines Konterfeis auf der Garage waren nun, nach immerhin 14 Jahren, doch etwas verblasst. Vielleicht sollte man dem Nachbarn nahe legen, Rolf mal wieder neu zu streichen.

Aber das konnte warten. Nun war erst mal Heiligabend. Unsere Eltern hatten gemeinsam auf uns gelauert und öffneten schwungvoll die Tür. Eigentlich bewohnt meine Mutter längst allein mit all den Bildern dieses große Haus, aber an wichtigen Festtagen reformieren wir uns hier zu dem recht überzeugenden Lookalike einer intakten Familie. Um die Harmonielatte nicht unnötig hoch zu hängen, verzichten wir zwar auf Baum und Schmuck und lassen die Finger vom Dimmer, beschenken uns aber reich mit Büchern, vage planend, sie uns später vom jeweils Beschenkten selbst mal zu leihen.

Zu essen gab es Sauerkraut und schlesische Würstchen. Eine der Würste hatte man aus Rücksicht auf mich »Tofu« genannt – ein böser, aber sicher lieb gemeinter Schwindel, auf den hereinzufallen ich aus Takt vorgab, und um mir selbst in Vertretung des Heilands ein Schlachtopfer darzubringen. Denn nicht nur in seinen, auch in meinen Geburtstag feierten wir grade rein. In nur vier Stunden würde ich 31 sein.

Um die Qual dieser traurigen Frist zu lindern, hatte ich vorgesorgt und eine Rohversionen meiner neuen Platte dabei, exklusiv und brennwarm.

Natürlich spielt man neues Material eigentlich nicht zuerst nahen Verwandten vor, aber Berend und ich waren erst am 23. mit den Aufnahmen fertig geworden, und wen hätte ich da noch groß treffen sollen. Jetzt war es halt so und die Familie mein Generalprobenpublikum, von dem ich nicht weniger als einen Vorschuss auf meinen Ruhm in der Währung rückhaltlosen Jubels erwartete. Jeder repräsentierte in meinen Augen eine Komponente der Öffentlichkeit. Mutter: Radio.

Vater: Presse. Schwester: Publikum. Vor meinen Ohren entrollte sich also folgender Austausch:

RADIO: Tja … so richtige Ohrwürmer wie auf der letzten sind ja irgendwie nicht drauf.

PUBLIKUM: Dafür ein sehr prominentes Schlagzeug.

RADIO: Ja. Ziemlich monoton dieses Gewummer.

PUBLIKUM: Statt der gewohnten Gitarren prägt nun außerdem avantgardistisches Gequietsche das Klangbild.

PRESSE: Die Texte sind noch … anspruchsvoller geworden. Muss man bestimmt ein paarmal hören, bevor man sie versteht.

RADIO: Ja, schon allein akustisch … was singt er nur da an der einen Stelle?

Und so weiter. Natürlich wusste ich ganz tief in mir, dass meine Eltern keine Massenmedien waren, und dass meine Schwester noch eine Rechnung von der Zugfahrt offen hatte. Trotzdem war ich nun plötzlich sehr müde. Ich ging vor zwölf ins Bett, um meinen Geburtstag zu verschlafen. Vielleicht, dachte ich, bleibe ich ja so noch ein Jahr lang 30.

ZWEIUNDFÜNFZIG

Dass die Zeit so schnell vergeht, kommt nicht allein vom langsamer und langsamer schlagenden Herzen. Es liegt auch am monumentalistischen Bild der persönlichen Geschichte. An den Kuss, den dir Lemmy[47] Kilmister zum Beispiel im Mai 2005 am Autogrammstand gab, erinnerst du dich nur deshalb wie an etwas gerade Geschehenes, weil er alle nachfolgenden Küsse und Dinge an Prägnanz überragt wie ein riesiger ferner Berg die nahen Hügel. Dass zwei Tage nach diesem Ereignis die Menschen in Nepal für Pressefreiheit demonstrierten, weißt du vielleicht auch noch, aber es kommt dir vor, als wäre es schon Jahre her. Was es ja auch ist – also alles cool. Keine Panik. Auch nicht an Sylvester.

Sylvester ist ein Trick, ein Instant-Monument. Die jeweils letzten Nächte zweier Jahre tun sich mit ihrem Geknalle so groß, dass der zwischen ihnen empfundene Abstand bedrohlich schrumpft. Zumal durch die Eigendynamik der Feier Sekundärmonumente wie Vergiftungen, Krisen und Lieben hervorgerufen werden können. In dem Fall heißt es tief durchatmen und sich klar machen: Das Jahr war nicht kurz. Es war lang, und das nächste wird auch lang sein, und die nächsten 30 bis 50 werden ebenso lang sein und zusammen ein nahezu ewig langes Leben ergeben.

Nur dass dieses Leben eben zu 90 Prozent von irrelevantem, erinnerungsunwürdigem Erlebnisschrott angefüllt ist, so dass am Ende doch wieder der Eindruck einer gnadenlosen und öden Rasanz entsteht. Zu Unrecht. Mmh. Ich weiß nicht, ob das Erbauliche, was ich im Kopf hatte, so richtig rüberkam. Fürchte nein. Jetzt kommt mein Sylvester.

Ich und die Mitglieder von Britta[48] – der Band, deren Schicksalskabel sich 2006 mehrfach und nachlesbar mit dem meinen verknotet hatte – fingen beim Chinesen an. Für ihn, den Chinesen, war es das Jahr des Hundes gewesen. Hund stand zwar nicht auf der Karte, dafür aber eine »Vegetarische Ente«. Den Kampf zwischen – von Weihnachten noch wachem – Misstrauen und Neugier gewann die Neugier, doch der Kellner beschied abschlägig und so gebrochen, dass ich den Grund nicht genau verstand. Irgendjemand war verreist, entweder der Koch oder die Ente. Im ersten Fall, wog ich ab, bestünde die Gefahr, dass das Essen nicht schmeckt. Im zweiten müsste man sich darauf einstellen, dass die ganze gewohnte Ordnung der Erscheinungen sich auflöst und in einen wirren Spuk umkippt. Glücklicherweise passierte beides nicht, das Essen war herrlich, die Naturgesetze weiter wirksam, die Stimmung sogar so gut, dass wir uns beinahe verquatscht und zur eigenen Gala verspätet hätten. Die stieg jetzt im »Wirtshaus am Ufer«, einem Nebenkriegsschauplatz des Hebbeltheaters. Als wir ankamen, war es schon voll mit Schaulustigen. Zur Melodie von »Ihr könnt nach Hause fahren« sangen sie »Wir wollen die Luchse sehen, wir wollen die Luchse sehen, wir wollen wir wollen, wir wollen die Luchse sehen.« Gemeint war hiermit die Postrockformation »Luchs« um Christianes voll ausgewachsene Tochter Virginia. Angelockt vom Schmeichelchor kamen die Luchse auf die Bühne geschnüffelt und lieferten eine Riesenshow ab.

Christiane beschwerte sich scherzhaft, weil Gini – so Virginias Nickname – nach nur einem Jahr schon besser Gitarre spielte als sie selbst nach 20. »Meinst du, sie hat heimlich geübt?«, fragte ich. »Schließlich kannst du nicht rund um die Uhr da sein und aufpassen.« Viel Zeit hatten wir nicht, der dunklen Ahnung nachzuhängen, denn jetzt waren Britta dran, und zwar mit einem Spezialgast am Schlagzeug: mir. Dass ich kein richtiger Schlagzeuger bin, war kein Hindernis, eher ein Vorteil, denn mit dem für Drummer meist verbindlichen Uhrwerkideal konnte man bei Britta nicht viel reißen. Vielmehr ging es darum, sich den freien Rhythmen anzupassen, in denen Christiane ihre Lieder vortrug. Bei den ganz leisen Stücken sollte ich am besten quasi gar nicht spielen, aber eben auch nicht ganz gar nicht, eben, so Rösinger »nur bisschen rascheln und klöpfeln.« Um zwolf war ich so gut drin, dass ich dem Song »Öltank« einen perfekten Raschelteppich ausrollte, und bei den Worten »Ich bin zwei Öltanks, die träumen davon eins zu sein / Ich bin zwei Öltanks, und doch immer allein / Nimm mich mit auf die Reise, nimm mich mit« schossen die Tränen wie Raketen in den schwarzblauen Nachthimmel unserer Augen. Frohes neues Jahr.

Dies ist das Ende des Textes. Es war natürlich nicht das Ende des Abends, vielmehr war dessen Höhepunkt noch gar nicht erreicht, sondern stand in Form von

Andreas Spechtels sex- und schmerzgeladenen John Cale-Covers noch bevor. Auch im Backstage war noch viel los, es gab einen großen Streit und eine Versöhnung. Glückwünsche erreichten mich aus der ganzen Welt, zum Beispiel aus Köln, von wo mir Linus schrieb, die Fete vom Felix wäre gerade von einem amoklaufenden Nachbarn mit Hammer aufgelöst worden. All das wäre natürlich noch berichtenswert gewesen, aber ein Text hat eben seine eigene Logik, und er ist vorbei, wenn der Bogen seiner inneren Spannung unten angelangt ist. Vieles geht ja auch keinen was an, zum Beispiel das mit dem Streit, und wieder bleibt aus Diskretion das Interessanteste geheim, wie oft in »52 Wochenenden«.

»52 Wochenenden« ist übrigens jetzt auch vorbei. Das hat nun wieder gar nichts mit Kunstsinn und Dramaturgie zu tun, sondern nur mit der Erde, dem Mond und der Sonne. Der böse Kalender vertreibt uns die Gäste. Ich hoffe, es hat euch ein bisschen gefallen. Ich möchte mich auch bei allen handelnden Personen bedanken und bei allen entschuldigen, die nicht dabei sein konnten, vor allem bei Wolfgang Herrndorf, der mich offiziell darum bat, vorzukommen. Tut mir leid. Obwohl, eigentlich auch selbst schuld. Muss er halt mehr in meinem Leben vorkommen, dann kommt er auch im Buch vor. Außerdem ist er ja jetzt drin. Ich glaube, das war es. Grüße und Küsse. Euer

Jens Friebe

Anmerkungen

1 »Haus des Lehrers«: In der ersten Ausgabe des Romans findet sich folgende Fußnote:

> Das »Haus des Lehrers« ist ein Hochhaus neben dem Alexanderplatz. Es heißt so, weil an seiner Stelle das Haus der »Berliner Lehrerversammlung« stand, bevor es im Krieg zerstört wurde, und weil man in Ostberlin Gebäude gerne Haus des soundso nannte (siehe auch »Haus des Kindes«). Zwischen dem zweiten und fünften Stock läuft ein Fries um das Gebäude, auf dem Szenen des gesellschaftlichen Lebens der DDR dargestellt sind. Szenen des Gesellschaftlichen Lebens der BRD findet man jetzt weiter oben im »Weekend«.

Die Diskothek »Week-End« (so die korrekte Schreibweise) befindet sich aber nicht, wie Friebe annimmt, im Haus des Lehrers, sondern im auf der gegenüberliegenden Seite der Kreuzung plazierten »Haus des Reisens«. Es ist unklar, ob Friebe hier die beiden Häuser schlicht verwechselt, oder ob die Wahrheit bewusst einer rhetorischen Artigkeit geopfert wurde, wie sie der Schlusssatz der Fußnote ja zweifelsohne darstellt.

2 Der Produzent und Komponist taucht in den Schriften Friebes immer wieder auf und wird zumeist als eine Art dämonisches Kraftgenie an der Grenze zum Irrsinn karikiert. Dies sollte weniger als eine Zuspitzung der Realität verstanden werden, denn als humoristische Umkehrung, welche freilich nur für jene Eingeweihten ihren komischen Effekt entfalten kann, denen von Milch als einer der besonnensten und umgänglichsten Figuren der gesamten Angstpop-Szene bekannt ist.

Die von Friebe in Briefen geäußerten und dort wohl ernst gemeinten Anspielungen auf eine angebliche Affinität von Milchs zu Halluzinogenen sind im Wesentlichen auf Missverständnisse zurückzuführen. Das vielleicht Amüsanteste findet sich in einer Mail vom 24. 3. 2003 an Eder, in der Friebe schrieb: »Gestern, um Gesänge aufzunehmen, bei A.V.M. gewesen, fand ihn jedoch in bedenklichem Zustand. Er fuchtelte wie von Sinnen mit dem Mikrophon herum und wiederholte mehrfach, das Mikrophon benötige eine Phantomspeisung. Ich verabschiedete mich unter einem Vorwand, damit er in Ruhe seine Sinneserweiterung ausschlafen konnte«. Es ist Friebes Idiotie in technischen Dingen, die hier direkt zur menschlichen Fehleinschätzung führt. Der Terminus »Phantomspeisung« bezeichnet eine spezielle Art der Stromversorgung, keineswegs ein mystisches Ritual.

3 Es ist bekannt, dass Friebe eine Zeit lang mit Traumdeutung befasst war, sich jedoch bald enttäuscht vom Thema abwandte. Mir selbst berichtete er bei einem unserer letzten Abendessen im Restaurant »San Marco« – welches er wegen der Nähe zu seiner Wohnung und dem Preis-Leistungsverhältnis (Calzone 4 Euro!!!) schätzte – dass er von der Lektüre der Standardwerke ironischer Weise Albträume bekomme. Die Nacht davor habe er abwechselnd vom Rattenmann, vom Wolfsmann und von Lacans »schrecklicher Lamelle» (O-Ton Friebe) geträumt. Friebes Wissen über Lacan war, wie ich an selbem Abend feststellen musste, äußerst dürftig. Es schien ausschließlich auf dem Umweg über Zizek an ihn gelangt zu sein. Dies hielt ihn nicht davon ab, in der Studentenzeitung »Spikzettel« Zizeks Lacan-Buch abfällig zu rezensieren. In dem ansonsten so kenntnisarmen wie anmaßenden und langweiligen Artikel befindet sich eine zotige Kuriosität, die ich der Leserschaft nicht vorenthalten will:

> Um die Unmöglichkeit einer harmonischen Sexualpartnerschaft zu illustrieren, erzählt Zizek einen Werbespot nach: Eine Frau küsst einen Frosch, der Frosch verwandelt sich in einen Prinzen. Dann küsst der Prinz die Frau, die Frau verwandelt sich in eine Bierflasche. Nach dem üblichen postfreudianischen Phallus-Blabla kommt Zizek zu dem Schluss: »Entweder wir haben eine Frau mit einem Frosch oder einen Mann mit einer Bierflasche, was wir nie haben, ist das natürliche Paar der schönen Frau und des Mannes. Der phantasmatische Gegenpart wäre die Figur *eines Frosches, der eine Bierflasche umarmt.«* Dass Zizek es fertig bringt, bei einem Set von 6 möglichen Paarungen 4 zu präsentieren, und dabei die einzige zu unterschlagen, die wirklich eine erfolgreiche Penetration garantieren könnte, nämlich die von Frau und Flasche, gibt Camille Paglia recht: »If you read Lacan, this is the result. Your brain turns to pudding!«

4 Eine auf Deutschland beschränkte, in Anlehnung an die amerikanische »Beat-Literatur« benannte literarische Bewegung Mitte bis Ende der Neunziger. Die Werke der Autoren waren weniger zur Lektüre als zum Vortrag bestimmt. Sie kamen vor allem in Berlin und nicht selten in Form von »Poetry Slams« (interaktive Dichterwettbewerbe) zur Aufführung. Ende der 90er verschwand Social Beat praktisch komplett von den Berliner Bühnen. Friebe zog zwar erst in den 2000ern nach Berlin, es sind aber aus der Zeit davor zahlreiche Berlinreisen belegt, die seine Zeitzeugenschaft glaubwürdig erscheinen lassen. Friebe hatte im Übrigen den Bekanntheitsgrad der Nischenkultur überschätzt und bemerkte Freunden gegenüber verwundert, dass das dritte Kapitel, vor allem außerhalb Berlins, fast durchgehend auf Ratlosigkeit stieß.

5 Friebe benutzt in seinen frühen Texten häufig derartige Katachresen. In den »Werdohler Selbstgesprächen« heißt es dazu: »Auf meine missbräuchlichen Metaphern und Archaismen anspielend, bemerkte ein Kritiker, wohl in der Absicht, mich zu beleidigen, meine Sprache sei ›der letzte Dreck‹ und beim Lesen meiner Sätze müsse man sich ›das Kotzen verkneifen‹. Ich nahm dies ohne Weiteres als Kompliment.«

Nichtsdestotrotz findet sich jenes so gezwungen komische wie artifizielle Stilmittel in seiner reifen Phase so gut wie nicht mehr.

6 Bei dem angeblichen Versuch einer Beschreibung der Agentur handelt es sich um ein Zitat aus der im internationalen Datennetz zugänglichen Selbstauskunft. Lediglich das Wort »Religionen« wurde von Friebe eingefügt, vermutlich um der Organisation und damit dem eigenen Text eine dubiose Spektakularität zu verleihen.

7 Wenige Zeitgenossen waren in der Lage die Brillanz dieser kleinen Humoreske zu würdigen. Friebe beschwört die mondäne Vergangenheit Gstaads aus der Sicht eines alternden, elitären Bonvivants, transponiert die parodierte Erinnerung aber in die Sphäre des Kindlichen. So kommt es zu einer seltsamen, an Charles M. Schulz gemahnenden, Hybridwelt, die je nach Lesart aus ältlichen Kindern oder infantilen Erwachsenen besteht. So wie Schröder auf seinem Kinderklavier Beethoven spielt, werden hier die Krakeleien eines Vorschulkindes zu surrealistischen Meisterwerken, das unschuldige Spiel des »Engel-Machens« zu einer avantgardistischen Performance.

Allerdings gibt es noch eine weitere Lesart, nach der hinter der fiktiven Figur Gembazkis der reale Künstler Carsten Schmolka steckt. Ob der Bruch zwischen Friebe und Schmolka, der sich kurz nach der Veröffentlichung der 52 Wochenenden vollzog, aber tatsächlich auf diese Passage zurückzuführen ist, kann nur spekulativ beantwortet werden.

Die »Liebesszene« entnahm Friebe quasi wörtlich den Memoiren von Gunter Sachs, nur dass es sich dort statt um einen Schlitten um ein Motorboot handelte, statt des »Schogettenmädchens« um Brigitte Bardot und statt eines harmlosen Kusses um Geschlechtsverkehr.

8 Friebe spricht hier sehr unbestimmt von »Bildern« und von »Kämpfen«. Aus verschiedenen Interviews zum Thema und den Beispielen, die er dort anführt (Streiks der Dockarbeiter in England, Häuserkampf et cetera) wird deutlich, dass ausschließlich Bilder gemeint sind, welche aus konkreten Anschauungen des Dichters gewonnen werden. Das geforderte »Bild« ist also gleichbedeutend mit Goethes »Symbol«, dessen idealer Gehalt aus seinem »sinnlichen Dasein« hervorgeht. Das Konzept des Symbols in der Poetologie des 18. Jahrhunderts wird im Zuge einer Kritik der Allegorie entwickelt. Goethe selbst kehrt in Faust II. allerdings zur Allegorie zurück, da die abstrakten Mechanismen kapitalistischer Wertschöpfung, die bereits in Goethes Zeit begannen, das soziale Feld zu beherrschen, nicht mehr durch die sinnlich-ideale Doublette des Symbols versinnbildlicht werden konnten. (Vergleiche hierzu: Heinz Schlaffer: *Faust Zweiter Teil, Die Allegorie des 19. Jahrhunderts,* Stuttgart: Metzler 1989.)

9 Das Malheur geschah auf der A6, an der Stelle, an der sich die Concorde vom Auto- und Technikmuseum über den Lärmschutzwall erhebt wie ein Racheengel. An selber Stelle werden sich in Friebes Leben noch weitere schlimme Unfälle und folgenschwere Krisen ereignen. Herman Herrmann wies in seiner Biographie »Jens Friebe – ein verpfuschtes Leben« auf den orakelnden Charakter des Ortsnamens hin, der Englischkundige an einen Hort der Sünde denken lässt.

10 Über die Ambivalenz des Rock 'n' Roll-Konzepts notierte Friebe am 11.11. um 11:11 Uhr in sein Tagebuch: »Es ist schlechterdings unbegreiflich, dass eine Berufsgruppe, wenn man sie so nennen mag, die sich dem eigenen Selbstverständnis nach dem »Rock 'n' Roll« verschrieben hat, also dem Chaos, dem wilden, unberechenbaren, großen Anderen, dass diese »Rockmusiker« sich auf ihren von Fans und Reportern zu mobilen paganen Orgien verklärten »Touren« einem Regime unterstellen, das ihre Zeit so minutiös plant und all ihre Handlungen so rigide bestimmt, dass etwa eine Klempnerexistenz sich dagegen ausnimmt wie das Leben Huckleberry Finns. Aber zugegeben: Alkohol wird viel getrunken, und die Staus und Soundchecks und Zumutungen kann man als Unwägbarkeit und Aufregung innerhalb der

Strenge des Protokolls sehen. Vielleicht lässt sich die Mischung aus Zucht und Abenteuer am ehesten mit der räuberischen Seefahrt vergleichen oder mit der Russlandreise der deutschen Delegation 1955 unter Adenauer.«

11 Die Schilderungen über Narvas Eskapaden wurden von der Kritik zumeist für Übertreibungen oder gar Erfindungen gehalten. Tatsächlich entsprechen sie aber nicht nur detailgetreu der Wirklichkeit, sondern wurden von dieser nach Drucklegung überboten. Narva fuhr 2007, einen Monat vor Ablauf seiner Bewährung, erneut Auto.

Er hatte, der Polizeiakte nach, ein Telefon am Ohr und Alkohol im Blut. Der recht undurchdachte Versuch, sich beim Verhör einer Scheinidentität zu bedienen, endete in einem tränenreichen und umfassenden Geständnis. Erstaunlicherweise ging der Prozess diesmal glimpflich mit neuerlicher Bewährung aus. Friebe beschreibt in den Werdohler Monologen ein Gespräch mit Narva, das Aufschluss über die Strategie gibt, mit der die Verteidigung schließlich erfolgreich war, und den Moment des entscheidenden Geistesblitzes festhält: »Hans und ich saßen im ›Freispruch‹ oder ›Freischuss‹, irgend so einer Juristenkneipe jedenfalls, und überlegten voller Kummer, wie man die Richterin zu einem milden Urteil hin manipulieren könnte. Nach langem, düsteren Schweigen schlug Hans sich vor die Stirn und rief aus: ›Na, klar! Ich Idiot! Meine Kindheit! Die war ja total schwer! Warum habe ich da bei den letzten Verhandlungen nie dran gedacht!‹«.

12 Über die Rezeption der folgenden Stelle äußerte sich Friebe mehrfach entsetzt. So mailte er etwa am 13.6.2007 an mich: »Meine allerliebste, werte Freundin. Sagen Sie mir bitte: Bin ich oder sind alle anderen verrückt? Ist es denn nicht möglich, in einem Buch – nicht im Bundestag, auf dem Jahrmarkt oder auf RTL 2, nein in einem Buch – einen dialektischen Gedanken zu äußern, ohne dass ihn sämtliche Multiplikatoren zu einem polyluxkompatiblen Meinungspreset verzerren! Was für ein Scheißspiel ist das? ›Stille Post mit Schwerhörigen‹? Einem Teil der Presse schien, ich wolle ›den Irrsinn subventionierter Kunst‹ anprangern, der andere meinte zu lesen, ich trete für Subventionen ein, weil sie ›unbequeme‹ Kunstäußerungen möglich machten. Dabei hatte ich doch laut und deutlich nur dies schreiben wollen: Wenn, und ich betone wenn, Subventionen irgendeinen Sinn haben, dann den, dass er einen Freiraum schafft, in dem Kunst einfach überhaupt keinem Anspruch (inklusive dem der ›Unbequemlichkeit‹ (kotz, würg!)) zu genügen hat.«

In meiner Antwort auf diese polemische Presseschau (die leider keine Quellen enthielt) gab ich Friebe recht, was das hermeneutische Versagen der Journalisten anging, sparte aber auch nicht mit Kritik an dem Gedankengang Friebes, den er »dialektisch« nennt, den man mit gleichem Recht aber auch »verstiegen« nennen könnte. Den sich an diese meine Antwort anschließenden Streit niemals restlos beigelegt zu haben, gehört zu den wenigen wirklich schmerzhaften Versäumnissen in meinem Leben.

13 Das von Friebe beschriebene T-Shirt findet sich auf einem der vielen Fotos in der Bildergalerie auf Friebes Webseite wieder. Interessanterweise war es bei der Berichterstattung zum letzten Album das meistgedruckte Bild und löste einige Unruhe aus, da auf ihm von weitem nur das Wort »Israel« groß und bunt zu lesen war, während der semidadaistische Rest des Textes sich klein und schwarz »vertanzte« (wie man in der Visagistenszene sagt). Einige Fans waren irritiert von dem, was sie für eine eindeutige politische Stellungnahme hielten: So heißt es zum Beispiel in einem Gästebucheintrag vom 14.09.07: »Lieber Jens, was hat das mit dem Israel-T-Shirt zu bedeuten? Ist das ernst gemeint? Wenn ja, tut es mir leid. Ich finde deine Musik nämlich eigentlich sehr schön. Aber das geht ja wohl gar nicht. Grüße Meike«. Friebe antwortete: »Liebe Meike, eigentlich ist dieses T-Shirt ein Kuriosum aus Tokio und kein Trikot vom Olmert-Fanclub. Ich möchte mich aber nicht naiver stellen als ich bin, und gebe gerne zu, dass ich das Missverständnis bewusst und nicht völlig ungern in Kauf nehme. Warum? Weil seit 2 Jahrzehnten ein extremes Ungleichgewicht zwischen der symbolischen Anhängerschaft des palästinensischen Befreiungskampfes und der des Israelischen Selbstverteidigungsrechts besteht. Obwohl, direkt gefragt, fast jeder die Komplexität des Konflikts anerkennt und die Unstatthaftigkeit einer eindeutigen Parteinahme, zeugen sich Pali-Tücher von Generation zu Generation fort, legen sich um die Hälse junger modischer Träger und machen sie zu Reklameläufern für Raketen auf Nordisrael und explodierende Busse in Tel Aviv. Mittlerweile gibt es auch Tücher, die keine Pali-Tücher mehr sind, aber so aussehen, als wären sie welche. Es sind praktisch *Phantasien* über fundamentalistischen Terror. Ich habe kein Problem damit, diesen spielerisch gebrochenen Quasiradikalismus mit einem T-Shirt zu spiegeln.«

Die Redateure der Zeitschrift »U-Mag«, deren Umschlag das besagte Bild ebenfalls zierte, verfremdeten den Schriftzug zu einem abstrakten Muster, nicht unähnlich dem der Ivan Lendl-Kollektion von 1984.

14 Leserbrief vom 9. 6. 07 von Friebe an die »Hannoversche Allgemeine Zeitung«: »Gegendarstellung: Anders als in dem ansonsten ganz wundervollen Artikel ihrer Autorin Jutta Rinas (›Visionen vom Mannsein‹ 6. 6. 07) behauptet, zitiere ich die Musiker von Tokio-Hotel mit ihrer Aussage, sie seien ›Drinnies‹ keineswegs, um über sie zu spötteln, sondern, ganz im Gegenteil, um mit ihrer formal wie inhaltlich begeisternden Formulierung mein Buch zu verschönern«. Auch in seinem Interview mit der Zeitschrift »Konkret« äußert sich Friebe positiv über Tokio Hotel, da »Billy als androgynes Erotiktopmodel für Teenies ein Gegenprogramm zur Vergewaltigungsästhetik der Gangbangrapper darstellt. Und zwar eins, das auch in Hauptschulen ausgestrahlt wird.«

15 Es ist bekannt, das Friebe von Zeit zu Zeit Kontakt zu Prostituierten hatte, wenn auch, wie diese der Kriminalpolizei gegenüber angaben, »nur zum Reden.«

16 In der Blogversion des Kapitels gibt Friebe noch an, die Umdichtung selbst verfasst zu haben. Es ist unklar, warum er im Druck die Autorschaft von sich weist. Die Stellung des Gedichts am Ende des Textes macht klar, dass es in dem Kapitel nicht, wie Polenz pauschal meint, um »eine Abkehr von den Drogen« geht, sondern nur um die Abkehr von einer hin zu einer anderen Droge. Um den Wortwitz der lyrischen Miniatur zu würdigen, sind Grundkenntnisse über die Wirkungsweise von Drogen und dem Slang der Konsumenten vonnöten. In der Szene wird das Schnüffeln von Kokain meist als »ziehen« bezeichnet. Die »Höhen«, nämlich die hohen Frequenzen, werden nach dem Genuss von Kokain oder auch MDMA, tatsächlich intensiver wahrgenommen.

17 In dem Blog »Ich verstecke Haarbüschel (an einer für Staubsauger unzugänglichen Stelle)« gibt es eine 2006 initiierte Diskussion über das geheime Treiben Schreufs, die sich scheinbar über mehrere Jahre hinzog, deren einzelne Beiträge aber zeitlich nicht zuzuordnen sind. Auch Schreuf oder jemand, der so tat, als wäre er's, beteiligte sich. Beiträger Dr. Yes schrieb: »Ich habe Kristof Schreuf heute Nacht (0 Uhr) in der dreistündigen NDR-TV-Sendung ›Disco Love Machine – Im Beat liegt die Sehnsucht‹ gesehen. Er sang darin aktuelle akustische Versionen von Disco-Klassikern. Seine Interpretationen der Disco-Hits haben mich sehr fasziniert, zumindest musikalisch/akustisch. Der erste Gedanke war ›mit diesem Herrn würde ich gerne mal zusammen

arbeiten‹. Nur: wo gibt es diese tollen Disco-Songwriter-Cover-Versionen in volle Länge und zweifelsfreier Qualität? Kristof: ist eine Veröffentlichung geplant?«. Sonja schrieb: »und was ist jetzt – juni 2008 – nu mit dem buch? habs vor vier jahren zum geburtstag verschenkt. immer noch.« Schreuf antwortet beiden: »@Dr.Yes: Ja, eine Veröffentlichung ist mehr als geplant. Sobald ein Release-Termin sicher steht, gebe ich hier Bescheid. @Sonja: Liebe Sonja, ich bitte dich wegen des Buchs um Entschuldigung. Dass es bis jetzt noch nicht erschienen ist, daran bin nur ich schuld. Sehr peinlich, das. Sobald ein Veröffentlichungstermin steht, gebe ich hier Bescheid. Kristof Schreuf.«

18 Der Name »Herrmann« ist eine Dopplung, ein doppelt Männliches, wobei man den ersten Teil des Namens als Titel verstehen kann, als höfliche, klärende Anrede ans angezogene bürgerliche Individuum, dessen Gewand das Geschlecht sowohl anzeigt als auch verdeckt und so einen Rest beunruhigendes Geheimnis lässt. Der zweite Teil des Namens bezeichnet den maskulinen Menschen in seiner ganzen sinnlichen Präsenz, seiner Ausdehnung, seiner Schwere, seinem beißenden, betäubenden Schweißgeruch, wenn er auf dir liegt und seinen wuchtigen Körper im Takt der ewigen Uhr bewegt und seine rauen Wangen die deinen wund scheuern. Diese Dopplung (wenn man so will, des Symbolischen und des Realen) wird nun abermals vom Vornamen gedoppelt. Gleichzeitig halbiert der Vorname beide Hälften des Herrmanns durch die Kastration der wiederholten Konsonanten (und macht aus dem Herrenmann »ihren« Mann – her man). »Herman« ist ein mattes Echo, das dem Ruf vorausgeht, wie ein verwundeter Krieger, durch dessen Wunden das Weibliche dringt, ein schwarzer Punkt Yin in der weißen Marmorkuchenhälfte Yang. Es ist somit nicht verwunderlich, dass Herrmann sein experimentelles C&W-Album als »Halb« herausbrachte und immer wieder mal als »Herman Halb« auftaucht.

»Unüberschaubar«, wie Friebe schreibt, ist die Liste der übrigen Einsätze des Musikers zwar nicht, aber immerhin sehr lang: Neben den genannten Aktivitäten, war er an so unterschiedlichen Gruppierungen wie den Lassie Singers (siehe Rösinger), den Golden Showers (siehe Imler), dem »Berliner Nasenflötenorchester«, dem »Feedbackorchester«, »Surrogat« und »Mann und Maus« beteiligt. Bei Friebes zweiter Platte »In Hypnose« half er bei den Arrangements und programmierte »Es hat keinen Namen«, welches im Original vom besagten Regierung-Album »Unten« stammt, womit sich Herrmann durch Friebe praktisch selbst die Referenz erwies.

19 Das Zitat konnte auch nach ausführlicher Recherche bei Lichtenberg nicht nachgewiesen werden. Vermutlich hat Friebe es sich selbst ausgedacht oder die Quellen verwechselt. Zur Klangästhetik des Independent selbst – zumindest bevor diese der Professionalisierung unterzogen wurde, die die puristischen Erstanhänger gerne mit »Verwässerung« und »Kommerzialisierung« bezeichnen – hatte Lichtenberg allerdings bereits einen vorauseilenden Einwand: »Aus einer Menge von unordentlichen Strichen bildet man sich leicht eine Gegend, aber aus unordentlichen Tönen keine Musik.«

20 Friebe hat diese Liedidee tatsächlich auf seinem letzten Album verwirklicht. Der Text ist kurz genug, um ihn hier abzudrucken:

Über den Weg

Wir sehen uns am Südstern und im Elektromarkt
Hellwach und in Ohnmacht, in einer Nacht, an einem Tag
Am goldenen Tor, in Rio und Alcatraz
An der still stehenden Weltuhr und den Ruinen vom Palast

Wir versuchen, wegzusehen
Wir sehen ein, dass es nicht geht
Egal, egal wohin wir gehen
Wir laufen uns über den Weg

Zwei blinkende Punkte in einem Planquadrat
So sieht uns die Göttin, die uns wie Barbiepuppen paart
In Schlangen am Ufer stehst du bekannt und fremd
Wie die Prominenten, von denen man denkt, dass man sie kennt

Wie man sieht, fanden die Lokale »Alkatraz«, »Rio« und »Golden Gate« tatsächlich Eingang in die Dichtung, wenn auch letzteres auf Deutsch. Der »Südstern« ist eine Kreuzung in Kreuzberg. Die in Zeile vier besungene, 1969 auf dem Alexanderplatz errichtete Weltzeituhr ist tatsächlich außer Betrieb und verliert bei Friebe dementsprechend – vielleicht aber auch aus metrischen Gründen – ihre »Zeit«. Bei den »Ruinen vom Palast« in der gleichen Zeile handelt es sich um den zur Zeit der Komposition bereits teilweise abgerissenen »Palast der Republik«. Eine sehr versteckte Anspielung auf den Nachtclub und Konzertort »Maria am Ufer« findet sich noch außerdem in der vorletzten Zeile der zweiten Strophe (»in Schlangen am Ufer«).

21 Noch im Jahr 2006 kam es zu einem Engagement Friebes als Pianist für Justine Electra. Vom Übungslager aus schrieb er ein Brief an seine eigene Band: »Ich weiß, ich war oft selbst ein harter Probenleiter und nicht immer gerecht. Aber für jede kleine herrische Anwandlung, die ich euch beiden Lieben gegenüber je zeigte, lässt mich das Schicksal nun dreifach bluten. Ein Beispiel: Jene wunderbar impressionistischen, wie aufs Trommelfell getupften Figuren im ›Calimba Song‹, die ich für lediglich in der harmonischen Struktur festgelegte Improvisation hielt, und deren charmante Zufälligkeit jeder neuen Aufführung, wie ich glaubte, erlauben würde, dem Reich nie gehörter Phrasen ein weiteres Stück abzuringen, stellte sich als eine präzise notierte Komposition heraus. Der fünfseitige Notentext besteht aus nahezu identischen, aber in winzigen Details unterschiedlichen Appeggios. Dazu kommt, dass die Aufnahme, die ebenso verbindlich ist wie die Noten, von diesen abweicht. Ein Verstoß gegen Noten ODER Aufnahme hat unweigerlich einen Wutanfall Justines zur Folge, in dessen Verlauf man als Mensch und Musiker hemmungslos beleidigt wird. Das geht etwa fünf Minuten. Dann ist alles wieder gut, zumindest für Justine, für die die komplette Vernichtung eines Mitmusikers schlechte Laune weder zur Vorraussetzung noch zur Folge hat. Gerne spricht sie direkt nach dem Massaker mit leiser Stimme von schönen Dingen. Noch schlimmer als Justines Beleidigungen sind ihre Komplimente. ›Weißt du, was ich echt super an dir finde, Jens?‹ Nach einer langen Kunstpause, während der man auf eine halbwegs heilsame Schmeichelei – vielleicht in Richtung Brillanz oder Figur – hofft, kommt die Antwort: ›Dass du immer so pünktlich bist.‹ Ich bin nicht sicher, ob ich am Ende dieser Mission ein besserer Mensch sein werde.«

22 Die folgenden beiden Absätze übernahm Friebe beinahe unverändert aus seiner bereits 2005 erschienen Kolumne für die »Taz«. Der Vorwurf der Tatsachenfälschung wäre aber übertrieben, da sich die Ereignisse auch an diesem Abend im Sommer 2006 nicht gänzlich anders abgespielt haben dürften.

23 »Synästhetiker«: Auch Friebe war als Kind Synästhetiker, gehörte also zu einer Gruppe von Menschen, die auf einen Außenreiz mit zwei verschiedenen Sinnesempfindungen reagieren. Angesichts seiner farbigen Buchstabenklötzchen rief der kleine Jens verärgert aus: »Die Buchstaben sind falsch!«, denn die Farben stimmten einfach nicht mit denen überein, die er sah, wenn er die jeweiligen Buchstaben las oder hörte. Ebenso erstaunlich wie die – von ihren Trägern nicht selten als

Last empfundene – Gabe selbst ist die Tatsache, dass sie sich bei Friebe in der Pubertät beinahe völlig verlor. Er konnte lediglich noch am Geschmack rote von grüner Berliner Weiße mit Schuss unterscheiden. Und selbst das war wohl streng genommen nicht mehr wirklich Synästhesie.

24 Es gibt Gründe dafür, diese Formulierung für redundant zu halten, immerhin führt der Duden »Allegorie« und »Inkarnation« als Synonyme. Doch auch der entgegengesetzte Standpunkt, der nämlich, dass sich die beiden Begriffe widersprechen, scheint vertretbar. In der Russischen Ikonenmalerei etwa vollzieht sich im 16. Jh. eine konfliktreiche Verschiebung vom hieratischen Realismus der Inkarnation hin zur allegorischen Darstellung des Göttlichen. Auch in der Poetologie des 18. Jahrhunderts ist die Inkarnation eher dem Bereich des Symbols zugeordnet als dem der Allegorie.

Friebes Formulierung lässt sich trotzdem verteidigen, da die genannten Definitionen auf der Ebene der Repräsentation operieren, Friebe aber mit der Fleischwerdung einen Übergang von der Repräsentation zur Wirklichkeit bezeichnen will.

25 Die betreffende Band gründete sich später tatsächlich. Der Prozess der Namensfindung sollte sich noch mehrere quälende Monate hinziehen und nach Stationen wie »Schokowolf« und »Prinzessin Pizzaessen« bei »Doctorella« enden.

26 Friebe spielt hier wohl auf ein geläufiges Alltagstheorem an, demzufolge in ärmeren Ländern gerade der Mangel eine größere Sorglosigkeit bewirkt. Allerdings lässt sich Friebes Satz – der »materielle Verwahrlosung« offenbar mit körperlicher Versehrtheit gleichsetzt – auch mit sehr viel gutem Willen und unter Berücksichtigung der Teekesselhaftigkeit des »Materiellen« nicht als eine sinnvolle Aussage lesen.

Oft wird übrigens die Meinung vertreten, dass eine lange und starke Sonneneinstrahlung die in einer Gesellschaft vorhandene Menge Glück positiv beeinflusst. Allerdings muss man hier berücksichtigen, dass zu viel Sonne Hautkrebs verursacht. Zur korrekten Ermittlung der sonnenbedingten Glücksvermehrung ist also vom durch die Sonne verursachte Glück das durch den Hautkrebs verhinderte oder beseitigte Glück abzuziehen.

27 Friebe schrieb seinem Verleger in Vorbereitung dieses Kapitels: »Mir schwebt für das sechsundzwanzigste Kapitel eine Art monologischer Miniaturbriefroman vor. Ein zwar freidenkerischer, aber auch betulich-onkliger Schreiber antwortet in aller Ausführlichkeit auf eine Spammail, in der Pornoseiten beworben werden, die zeigen, wie Frauen es sich von Maschinen besorgen lassen. Die altmodische Formvollendetheit des Briefes, die Missverständnisse des in Hinsicht Telekommunikation und Pornografie unbeleckten Schreibers, sein psychologisierendes Einfühlungsvermögen und vor allem seine steif demonstrierte Libertinage werden in den köstlichsten Kontrast zur versauten, restringierten und entpersonalisierten Sprache der Spammail treten. Und am Schluss habe ich noch einen Knalleffekt vorgesehen, dergestalt, dass der Schreiber selbst in ein obszönes Register wechselt und sich als Kenner von Fickmaschinen outet. Das Kapitel ist für mich DAS humoristische Highlight des Buchs und wird mit Sicherheit einige Furore machen!« Leider lag Friebe mit der Einschätzung der Breitenwirksamkeit dieses Textes gründlich daneben. Bei öffentlichen Vorträgen stieß er im Wesentlichen auf Unverständnis. Die Forschung beginnt erst in aller jüngster Zeit sich seiner mit der Ernsthaftigkeit anzunehmen, die er verdient.

28 Hinter dem Pseudonym Édika verbirgt sich der 1940 in Heliopolis geborene Comiczeichner Édouard Karali. Eventuell möchte Friebe durch den Verweis auf den Zeichner, dessen Bildergeschichten meist in wilden sexuellen Ausschweifungen enden, den erotischen Subtext seiner eigenen Schilderung stärken. Die hier zitierte Episode beschäftigt sich allerdings ausschließlich mit den Fäkalien zweier Herren, dürfte also nur von sehr speziell Interessierten als im eigentlichen Sinne sexuell empfunden werden. Sie ist im von »U-Comix« präsentierten Sammelband »Knock Out« zu finden, der 1987 im Nürnberger Alpha Verlag erschien.

29 Diese Zeichnung stammt nicht von Jens Friebe. Sie ist ein versteckter Gastbeitrag der bildenden Künstlerin Sandra Grether, die seit den frühen Neunzigern für ihre von der Berliner Bevölkerung »Schnauzentiere« genannten Figuren berühmt ist.

30 Alexander Herzen: *Die gescheiterte Revolution – Denkwürdigkeiten aus dem 19. Jahrhundert,* ausgewählt und herausgegeben von Hans Magnus Enzensberger, Frankfurt a. M.: Insel 1988. Herzen war einer der wichtigsten Journalisten und Publizisten im Russland des 19. Jahrhunderts. Er wird hier und da als der »Vater des russischen Sozialismus« bezeichnet. In Dostojewskis »Dämonen« wird er und die von ihm im Exil herausgegebene Zeitschrift »Die Glocke« häufig erwähnt. Der Einfluss Herzens auf Friebe kann indes gar nicht überschätzt werden.

31 Der überzeugte Vegetarier Friebe stand der im amerikanischen Hardcore wurzelnden Straight Edge-Bewegung, welche ihren Anhängern neben dem Verzicht auf Fleisch auch Abstinenz von Drogen und »ausschweifender Sexualität« auferlegte, im Großen und Ganzen ablehnend gegenüber. In den »Werdohler Selbstgesprächen« sagt er zum Thema: »Es ist gut, dass im ›Hans Wurst‹ – dem einzigen veganen Lokal meiner Gegend, dessen dummen Namen wir ihm fürs eine Mal verzeihen wollen – Alkohol ausgeschenkt wird. Fleischverzicht ist einfach zu wichtig, um ihn Gesundheitsspinnern zu überlassen. Und hört mir mit Straight Edge auf. Straight Edge haben kalifornische Minderjährige erfunden, denen die Türsteher Kreuze auf die Hand malten, damit der Barkeeper bescheid wusste und ihnen keinen Alkohol gab. Die Kreuze waren Stigmen der Hosenscheißer. Das Zeichen wurde affirmiert und aus dem Drogenverzicht schuf man eine astreine Ressentiment-Moral: Biernot als Tugend. Das war natürlich ein guter Schachzug. Aber hier kriegen selbst Zwölfjährige Bier und brauchen keinen latent faschistoiden Verzichtkult, um ihre Würde zu retten.« Für weitere Einlassungen Friebes zum Vegetarismus siehe den Beitrag »Vegetarismus oder Barbarei« Jungle World 45/08 und Kapitel 34.

32 Bei dem Spiel handelt es sich um »Minna Daisuki Katamari Damacy« (みんな大好き塊魂, etwa »alle lieben den Klumpengeist«). In Europa erschien es 2006 unter dem Namen »We love Katamari«).

33 Bei den Gastgebern handelte es sich höchst wahrscheinlich um die New Yorker Künstlerin und Kunstprofessorin Sue de Beer und ihren damaligen Freund Felix Ensslin, den Sohn der berühmten Aktivistin Gudrun Ensslin.

34 In einer älteren Version des Textes wurde Julians Mitleid von einer anderen Werbung erregt. Die Stelle lautete folgendermaßen: »Neulich sahen wir fern, und es kam eine Werbung für »KiK«, den Textildiscount. Das Maskottchen, ein hochgepitcht sprechendes T-Shirt schmeißt vor dem Geschäft Konfetti und jubelt aufgeregt, weil KiK 10-jähriges Jubiläum feiert. Ein älteres Ehepaar kommt zur Tür heraus, und die Frau teilt dem T-Shirt in blasiertem Ton mit, das Jubiläum sei ihr völlig egal, Hauptsache es sei weiterhin so schön billig. Daraufhin hält sich das T-Shirt eine Sekunde lang leicht überrascht die Hand vor den Mund. Da wurde Julian neben mir traurig und flüsterte: ›Das arme T-Shirt‹.«

35 Die beiden Figuren, die Friebe hier beschreibt, stammen von dem Künstler Rolf Biebl. Zu der an sich im Zusammenhang mit bildender Kunst ungebräuchlichen Bezeichnung »Neoralismus« mag Friebe die Tatsache inspiriert haben, dass Biebl in den Achtzigern zusammen mit seinen Malerfreunden Clemens Gröszer und Harald K. Schulte die Künstlergruppe mit dem Namen »Neon-Real« gründete. Auch wenn sich über den Rang Biebls als Künstler sicherlich streiten lässt, überschreitet Friebe hier deutlich die Grenzen des guten Geschmacks, wenn er Biebls abgemagerte Figuren zum Anlass nimmt, Opfer und ästhetische Mittäter des Dritten Reiches in einer obszönen Vision zu vereinen.

36 Friebe machte kein Hehl daraus, diesen Satz bei Proust geklaut zu haben. Er gab bei Lesungen regelrecht damit an. Überhaupt schien er bisweilen die Kenntnis einer Kunstäußerung auf die gleiche Stufe zu stellen wie ihre Urheberschaft. Der Originalsatz aus der »Recherche«, welchen Friebe, den Abweichungen nach zu urteilen, aus dem Kopf zitiert, bezieht sich auf Swann und lautet: »Mit unendlicher Leutseligkeit und als sei er gar nicht mit ruhmvollem Tun überlastet, ließ Swann mich in seine Bibliothek eintreten« (Marcel Proust: *Auf der Suche nach der verlorenen Zeit,* 10 Bde., Suhrkamp, Frankfurt a. M. 1952, S. 671).

Friebe muss von der Formulierung sehr beeindruckt gewesen sein, denn sie findet sich als Plagiat bereits in seinem mehrere Jahre vorher in der »Jungle World« erschienen »Werkstattbericht« zur ersten Platte. Die Swann/Malcho-Position nimmt hier der Produzent Tobias Levin ein.

37 Das Restaurant-Hotel Pfefferhöhe liegt nahe der Stadt Alsfeld direkt an der BAB 5, Ausfahrt Alsfeld-West. Das privat geführtes Rasthaus befindet sich zwischen Frankfurt am Main und Kassel sowie zwischen Gießen und Fulda – also im Herzen Hessens! Das ob seiner historischen Altstadt bekannte Alsfeld gehört zum Landkreis Vogelsberg, dem insgesamt 19 Städte und Gemeinden angehören. Vogelsberg ist ein seit sieben Millionen Jahren erloschener Vulkan und das größte zusammenhängende Basaltmassiv Europas – mit einer Fläche von 2500 Quadratkilometern und einem Durchmesser von 60 Kilometern. Die reizvolle Landschaft des Vogelsbergs garantiert (Wochenend-) Urlaubern Ruhe und Erholung. Die unweit des Restaurant-Hotels Pfefferhöhe gelegene Stadt Alsfeld bietet Ihren Besuchern eine romantische Kernstadt mit liebevoll restaurierten Fachwerkhäusern – die Innenstadt ist also stets einen Besuch wert.

38 2007 beauftragte Friebe von Dommel, ein Info für das bereits erwähnte Album »Das mit dem Auto ist egal, Hauptsache dir ist nichts passiert« zu schreiben. Das Ergebnis erregte durchaus Friebes freudige Zustimmung, wurde dann aber, wahrscheinlich unter dem Druck der Plattenfirma, so einschneidend verändert, dass die Presse nur noch eine sehr geglättete, ja verwässerte Version von dem zu lesen bekamen, was ursprünglich so aussah:

Achtung, Achtung: Can't Stop The Pop!!!
Endlich: Die neue Jens Friebe ist da!!

Nur echt mit dem Original Schlagzeuger: Chris Imler, der crazy Zigeuner, haut auf die Pauke! Nur einer wie er kann dem smartschwulen Friebe-Pop noch (einen Hauch) mehr Funkyness verleihen!
Jens Friebe – Drei Seelen wohnen, ach, in seiner Brust: Marlene Dietrich, Felix Krull und Emmanuelle! Und die Stimme von Ilja Richter.
Jens Friebe – Das bedeutet immer: Große Gesten und kleine Geschichten zwischen Nacht und Tag. »Du freust dich ja gar nicht«, »Erschreckend aktuell,« »Das mit dem Auto ist egal, Hauptsache Dir ist nichts passiert« – um abgegriffene Alltagsfloskeln dichtet Friebe fern liegende Erzählungen über Mädchen und Jungen herumwideburnm. Absoluter Höhepunkt: »Frau Baron« – eine Mischung aus Turgenjew und Arztroman. In einer lauen Sommernacht bezahlt ein Bauernsohn bei Frau Baron seine Pacht auf gar frivole Weise.

Diese Platte blüht! Riechen auch Sie am unverwechselbaren Duft von Friebes romantischen Paranoia-Balladen!
Sofort!
Nie oder jetzt!

39 Es scheint, als würde Friebe sich in dem Mann mit dem Bart selbst portraitieren. Sein eigener »Bart«, also der seltsame, pelzige Vlies, der zum Vorschein zu kommen pflegte, wenn er sich mehr als eine Woche nicht rasierte, war nicht nur sehr hell, sondern ließ auch jegliche Kontur vermissen. Der Wuchs begann praktisch direkt unter den Augen, verlief dann in gleichbleibender Dichte bis zum Hals und ging schließlich nahtlos in die Brustbehaarung über, sodass man tatsächlich den Eindruck bekommen konnte, Friebe sei weniger bewachsen, als eben »bestreut«. Wenn man ihn in jenem Zustande dann küsste, war es, als rolle man sich eine junge grüne Kastanie über den Mund. Ach.

40 Die zweite Hälfte des »Themas« (welches streng genommen nur eine Periode ist), besteht aus drei jeweils einmal wiederholten Noten, zuerst ein A, dann das darüberliegende E und schließlich das Cis dazwischen. Da bei den aus mehreren Teiltönen zusammengesetzten Wahlgeräuschen der höchste Teilton der 4. so hoch ist, dass ihn das menschliche Ohr nicht mehr hören kann, wirkt das Klangereignis dort tiefer als bei den beiden folgenden Zahlen. Einen ähnlichen psychoakustischen Effekt machte sich der Psychologe R. Shepard für seine weithin berühmten »Shepard«-Tonfolgen zunutze (siehe auch »Shepard«).

41 Bei den neueren Versionen der automatischen Worterkennung t9 wird bei der entsprechenden Tastenfolge das Wort »Penis« direkt angeboten. Was wie eine Selbstverständlichkeit erscheint für einen Dienstleister, der seine Kundschaft nicht wie unaufgeklärte Kinder zensieren möchte, entbehrt, wenn man berücksichtigt, das auch ältere Menschen mittlerweile den Mobilfunk nutzen, nicht einer gewissen Pikanterie. Man stelle sich einen älteren Witwer vor, der im Seniorenschachclub den Keim einer reifen Affaire zu sähen bewerkstelligt hat. Nun will er seiner Herzdame in Spe eines Abends folgende Kurzmitteilung machen: »Habe mich gerade, nachdem es lange nach einem kläglichen Remis aussah, selbst geschlagen.« Und ohne noch mal den Text durchzulesen, sendet er ihn ab. Vielleicht würde dieser Mann nur wegen falsch verstandener Libertinage im Hause Tegik einsam sterben müssen.

42 Friebe war mit der Darstellung Imlers im gesamten Buch, speziell aber in diesem Kapitel, nicht recht glücklich. Er notierte hierzu in sein Tagebuch: »Was mich traurig macht, ist, dass ich grade die Personen, die mir am nächsten stehen, nicht würdig ins Buch bekommen habe. Das Kurzformat lässt so wenig Raum für komplexe Psychologie und einfühlsame Schilderung, verlangt so unerbittlich nach pointierter Gestaltung und schneller Kenntlichkeit, dass solche Ausrutscher wie im Kreuzberg-Kapitel wohl passieren MUSSTEN. Die Reduktion von Chris auf einen Seemansgarn spinnenden Altpunk, einen symphati-

schen aber quasi besinnungslosen Haudegen muss beleidigen, und zwar nicht, wie klassischer Weise bei Literatur nach lebendigen Modellen befürchtet, durch zu viel, sondern durch zu wenig Wahrheit.«

43 Was in Friebes etwas vorgezogenem Nachruf noch schlimme Befürchtung war, ist jetzt Gewissheit. Auch Sharkys kurzzeitig von Fil initiierte, tonbandgestützte Wiedergeburt als »Shakti« (die Energie, die alles durchflutet) erwies sich als zwecklos. Es gibt also keine Hoffnung, aber wie Fil andernorts bemerkte, »Hoffnung ist die Verzweiflung der Idioten«.

44 Die Band Baxendale war eine im Kölner Umfeld Friebes sehr geliebte und wohl auch persönlich bekannte Band. Sie kamen in Deutschland auf Thomas Venkers Label Onitor heraus und fertigten für die ebenfalls dort erschienene Remix-Compilation von Friebe-Stücken eine an Rick Astley gemahnende Neubearbeitung von »Gespenster« an. Das im Text angesprochene Baxendale-Stück beschreibt das Schicksal eines Jungen, dessen Vorliebe für Elektro-Pop ihn in seinem auf männliche Tugenden eingeschworenen Umfeld zum verspotteten Außenseiter macht. Der für die Verhältnisse eines Popsongs epische Text beschreibt weiterhin die Liebe zu einem gleichgesinnten Mädchen und ihr Scheitern. Friebe und Böttner teilten in der Übersetzung die Geschichte auf die Perspektive des Mädchens (gesungen von Böttner) und die des Jungen (gesungen von Friebe) auf. Das Lied wurde Titelsong des BKL-Albums und sowohl ihr als auch Friebes im Ausland meistbeachtetes Stück.

45 2008 erschien der Film »Der Baader Meinhof Komplex« von Bernd Eichinger und Ulrich Edel. Über die Selbstdarstellung der Regisseure und Schauspieler schreibt Friebe am 8. 9. 2008 an Kröppöck:

> Die Doppelstrategie, die schon immer die »künstlerische« Beschäftigung mit dem »Mythos« bestimmt hat – sich einerseits bei den Terroristen Radikalität und Dämonie abholen, andererseits aber auch am klebrigen Bewältigungskuchen der permanenten Konterrevolution mitnagen – trat noch nie strahlender zutage als bei diesem Film. Ich meine natürlich das Drumherum, den Film selbst sehe ich mir bestimmt nicht an. Lieber 6 Stunden Bruno Gans' Hitler als auch nur 10 Sekunden Bleibtreus Baader. Er und die Gedeck bei Anne Will, wie sie zwei von der Last ihrer heiligen Aufgabe moralisch gestärkte, aber

auch ernst gewordene Menschen darstellen: das ist das eigentliche Schauspiel. Und der Gefühlsmenschimitator Kiefer mit seiner Nummer im »Spiegel«: Oh je, ich spiele Peter-Jürgen Boock. Bin ich dann nicht auch ein bisschen Peter-Jürgen Bock? Bin ich dann nicht in einem Teil meiner schwierigen Seele plötzlich ein MÖRDER? – Edel selbst wiederum beteuert, er habe damals in der wilden Zeit ein Marx-Seminare besucht, aber »kein Wort verstanden«. So hat er sich vom Vorwurf mangelnder Idiotie reingewaschen und darf seinen Beruf als politischer Filmemacher weiter ausüben. Gott, was für ein Saupack!

46 Die Schwester Friebes heißt natürlich nicht Gülümser, sondern hat, wie allgemein bekannt sein dürfte, gar keinen Namen. Gezeugt wurde sie entgegen Friebes Anspielung auch nicht in der Türkei, sondern in einem Genfer Labor.

47 Es wurde in der Forschung viel darüber spekuliert, wer die geheimnisvolle Person ist, die Friebe hier mit »du« anredet. Auch ich hatte lange nachgedacht, Hinweise gesucht und Kollegen befragt, bevor ich den Fall schließlich als unlösbar zu den Akten legte. Erst am 18. August 2008 erhielt ich den entscheidenden Wink von Kommissar Zufall, oder sollte ich sagen: Komissar Fußball? Ich weiß das Datum nämlich noch so genau, weil Deutschland an dem Tag eine 1-zu-4-Niederlage gegen Brasilien einstecken musste. Ich hatte am selben Tag glücklich meine große Krüss-Monographie (»Frühstück und Geburt – zur Bedeutung des Eises bei James Krüss) und war durch nichts zu erschüttern. Also sah ich mit beinahe heiterem Interesse die Interviews im Anschluss an die Niederlage. Und dann sagte die Trainerin Sylvia Neid den Satz, der mir die Augen öffnete: »Birgit Prinz hatte das 2-zu-0 auf dem Fuß. Aber wenn du die Chancen nicht nutzt gegen eine solche Mannschft wie Brasilien, dann wirst du bestraft.« Jetzt war mir plötzlich alles klar. »Du«, das sind wir alle. Wir, die Gesellschaft!

48 Friebe sollte später ständiger Schlagzeuger der Band werden.

ANHÄNGE

Editorische Notiz

Das Buch »52 Wochenenden« von Jens Friebe erschien zuerst ab 2006 im Internet, und schließlich im Jahr 2007 im Kölner Verlagshaus Kiepenheuer & Witsch. Der damalige Untertitel lautete »Texte zum Durchmachen«.

Für die hier vorliegende kritische Ausgabe ist die Fassung letzter Hand, die sich auf Friebes Festplatte fand, verwendet worden, daher gibt es einige kleinere Abweichungen vom Text der Erstveröffentlichung sowie vom Text der Internetkolumnen, die allerdings aus editorischen Erwägungen nicht extra hervorgehoben worden sind – das Gesamtbild des Textes sollte als solches erhalten bleiben. Offensichtliche grammatikalische und orthographische Fehler wurden stillschweigend korrigiert, alle darüber hinausgehenden Abweichungen finden sich in den Anmerkungen erläutert.

Da diese Ausgabe der Fassung letzter Hand folgt, wurde auch der ursprünglich vom Verfasser vorgesehene Verlauf der Zeichnungen, die Friebe zu jedem der 52 Textteile angelegt hat, wiederhergestellt, insgesamt elf Zeichnungen sind aus diesem Grunde andere als in der Erstpublikation erschienene und werden hiermit erstveröffentlicht.

Der schon in der Erstausgabe enthaltene »Gastbeitrag« von Linus Volkmann wurde, wie von Friebe vorgesehen, an seiner Stelle im Textkorpus belassen. Da jedoch keine Notizen zum seinerzeit als Vorwort publizierten Text von Dietmar Dath von der Hand Friebes bekannt sind, also nicht endgültig zu klären ist, inwieweit der Text vielleicht auch als Nachwort hätte gedacht sein können, wird das »Vorwort« in dieser Ausgabe, aus Respekt vor dem Willen des Verfassers, im Anhang nachgereicht. Im Anhang finden sich zudem eine Erinnerung von Linus Volkmann an Friebes Kölner Jahre (»Ach ja, Jens Friebe …«) und Dietmar Daths Adnoten zum »Vorwort« (»Nach Diktat verstummt«), sowie ein apokryphes »Wochenende«, das sich ebenfalls auf Friebes Festplatte fand, allerdings nicht im Textkorpus letzter Hand enthalten ist, und offensichtlich nach Abschluss der Arbeiten an »52 Wochenende« entstand. Da es vom Ton her aber offensichtlich zum Umfeld von »52 Wochenenden« gehört, ist es in den Anhang aufgenommen worden. Dieser Text wurde im Buch »24 Stunden Berlin« erstmals publiziert.

Ich möchte an dieser Stelle die Gelegenheit ergreifen, um Dietmar Dath und Linus Volkmann für ihre Mitarbeit und für wertvolle Hinweise zu danken, ebenso den Mitarbeiterinnen und Mitarbeitern des Verlages Kiepenheuer & Witsch und insbesondere Thomas Hölzl von der Agentur Eggers & Landwehr dafür, dass er mir den Zugang zu Jens Friebes Papieren und zu dessen Computer ermöglichte. Zudem danke ich meinem begleitenden Lehrvater vom Alan-Smithee-Institut der Universität Würges, Prof. Dr. Max-Gundolf Schmidt-Schulzenkrause, für seine Mühen, der Deutschen Germanistischen Stipendiatengemeinschaft für die Unterstützung dieses Forschungsprojektes und meiner Schwester Zielona Gora für Rat und Tat.

Jelenia Gora, Tübingen, Januar 2009

Die Webloggerey mit ihren eigenen Waffen kitzeln

Wer Jens Friebe als Musiker immer war und bleiben wird, wissen alle: Ein prima Prinz und ein extrem effizienter Kampfroboter, wobei die Betonung weder auf »Kampf« noch auf »Roboter«, sondern auf »Eichhörnchen« zu legen ist.

Davon nichts weiter, es gehört längst zur Allgemeinbildung.

Als Verfasser der zunächst im Internet und bald darauf als ansprechender Schmuckband veröffentlichten Aufzeichnungen mit dem angenehm sachlichen Titel »52 Wochenenden« jedoch hat Friebe die hochgesteckten Erwartungen voll erfüllt, ja übertroffen, zu denen sich sein alter Freund, Förderer und Pingpong-Partner Johann Wolfgang von Goethe bereits am 19. März 1825 in einem warmen Schreiben an Dr. Frank Schirrmacher bekannte: »Sende hiebey einige Blätter des Berliners Jens Friebe. Die zierlichen Zeilen über die Weltnetzgeschäfte seiner Familie, seine Erleidnisse in Bonn und seine wunderlichen Betrachtungen über comödiantische Verumständungen im Wirkungskreis des deutschen Fußballerwesens werden Excellenz gewiß ganz außerordentlich finden. Es wäre recht gut, wenn er sie einmal in einem Buche zu sammeln die Gelegenheit erhielte, falls einer unserer emsigen Verleger dafür den rechten Contract machen und eine anständige Renumeration veranlassen möchte. Die Verwechslung der reizvollen Grillen und Kunstgebilde dieses geistreichen Mannes mit der üblichen kraft und saftlosen Webloggerey unserer mißlichen Zeit kann nur ganz einfältigen Menschen unterlaufen. Mit dem lebhaftesten Wunsche zu Gnaden und Holden empfohlen zu seyn etc. usw. G.«

Die »Webloggerey«, von der Goethe hier schreibt, meint ein Laster, das neben dem Passivrauchen, dem Zeitschriftenabonnieren und dem Kindermachen zu den vier Hauptursachen der Vernichtung der postindustriellen Hochkulturen Europas und Amerikas zählte, an die sich die meisten nur mehr vage erinnern.

Kaum nämlich war das Internet erfunden, durften Leute, die nicht denken, lesen oder schreiben konnten und keinerlei Persönlichkeit besaßen, einander ihre Nichtgedanken mitteilen und die dabei entstehenden Stummeltexte und Schnappquerschüsse wechselweise verlinken. Die absolute Uniformität und die hemmungsloseste Beliebigkeit, also das schlechte Allgemeine und das noch schlechtere Besondere, wurden auf diese Weise zu einem tödlichen Kampfstoff synthetisiert, vor dem es den Provider des Teufels grauste, seit die Hölle eine Website war.

Friebes elegante Überwindung dieses Schwachsinns, unternommen, als ringsum bereits alles im Eimer war, bediente sich der einfachen, aber sehr wirkungsvollen Methode der angewandten Untertreibungsdurchtriebenheit: Er tat so, als notiere er bloß, was ihm widerfuhr und begegnete, und trug dabei in Wahrheit skrupulös Sorge, sich nicht dem Gesang der stinkigen Musen des überall sonst vom Netzmedium lückenlos durchgesetzten und erzwungenen angepassten Plaudertons auszuliefern.

Das Subjektive in »52 Wochenenden« ist der Köder; das Objektive, nämlich die Wahrheit über die Schönheit konsequent verwirklichter persönlicher Formansprüche (statt bloß zufälliger Erlebnisse), ist der Gewinn, den man beim Lesen dieser Texte mitnehmen darf.

Wie in jeder Kunst, die unsere Aufmerksamkeit und die entsprechenden emotionalen Investitionen belohnt, wird die Qualität des Vorhandenen hier durch die Geschicklichkeit des Verfassers beim Weglassen des Störenden herausgearbeitet. Kein Wort verliert Jens Friebe deshalb darüber, dass sein Leben streng genommen erst drei Tage vor Beginn der Arbeit an »52 Wochenenden« angefangen hat, als er, wie damals überall gemeldet, in einer mit Eiswasser gefüllten Regentonne blutverschmiert und ohne Gedächtnis unweit der Berliner Museumsinsel zu sich kam.

Ohne Pass, ohne einen Mensch, der ihn wiedererkannte, unterkühlt und verwirrt, wandte er sich an die Heilsarmee, die ihm aus ihrem Kleiderfundus schicke

Sachen und aus ihrem Register unglaubwürdiger Künstlernamen die wohlklingende Kombination »Jens Friebe« schenkte.

Er schweigt davon. Denn man muss das alles nicht wissen, um seine Texte zu genießen.

Aber wenn man es weiß, fällt man vor lauter Ehrfurcht darüber, dass ein von solchen Schicksalsschlägen heimgesuchtes Individuum sich zu einer derartigen Ruhe, weisen Weltsicht und Ideenfülle aufschwingen konnte, fast tot vom Motorrad.

Aber lesen Sie selbst.

Dietmar Dath, Frankfurt, März 2007

Nach Diktat verstummt

Nur sehr wenige Menschen wissen die Wahrheit, und diese wenigen interessiert sie meistens nicht.

Dies aber ist nun endlich der Ort, eines der langeweiligsten Geheimnisse aller Zeiten auszuplaudern: Das umständliche, grimassierende und verwurstelte Geleitwort zur 2007 erschienenen ersten Buchausgabe von Jens Friebes »52 Wochenenden« ist der letzte irgendwo veröffentlichte Text, den Dietmar Dath tatsächlich selbst geschrieben hat.

Die ursprüngliche Idee, die jener selbst für die Verhältnisse der deutschsprachigen Gegenwartsliteratur und des Journalismus ungewöhnlich unseriöse und haltlose Autor damals zum Kristallisationskern seiner Überlegungen zu Friebes Werk hatte machen wollen, war der zweifellos erschreckend jämmerliche Einfall gewesen, den Namen »Friebe« als ein Anagramm auf das Wort »Briefe« zu lesen und daraus dann allerlei launige Betrachtungen über den Verfall der Verkehrsformen des schriftlichen zwischenmenschlichen Umgangs in den bis über die Schwelle zum Zerfall hinaus entwickelten reichen Gesellschaften des frühen einundzwanzigsten Jahrhunderts christlicher Zeitrechnung zu entfalten.

Herrn Dath war nämlich zur fraglichen Zeit gerade erst an seinem eigenen Beispiel aufgegangen, dass das Hauptergebnis fortschreitender Präzisierung der sprachlichen Mittel, mit denen man arbeitet, keineswegs zwangsläufig eine Erhöhung der Intensität stattfindender Kommunikationen und erst recht keine Vermehrung ihrer Reichweite sein muss. Vielmehr bringt so eine Präzisierung unter Umständen wie denen, in welchen sich Herr Dath befand, weit häufiger und auffälliger eine ganz eigenartige Form von Vereinsamung mit sich.

Ein Menschenwesen, das sich seinerzeit Mühe gab, möglichst exakt zu sagen, was es wirklich für wahr hielt, verstieß, so musste Herr Dath erkennen, gegen das in besagten Gesellschaften immer rücksichtloser um sich greifende Prinzip, dass gefälligst völlig egal zu sein hatte, was geredet wurde. Wer überhaupt noch irgendwas ernst meinte, wurde zum Aussätzigen. Briefe kamen unter solchen Vorzeichen desto seltener an, je leichter es fiel, stattdessen eine E-Mail über so ziemlich nichts zu schreiben. Der Unterschied zwischen Spam und persönlichem Anschreiben bestand am Ende darin, dass man bei Spam wenigstens wusste, worum es ging: Ramsch sollte verkauft werden.

Seit einiger Zeit schon hatte Herr Dath also bemerkt, dass allmählich überhaupt niemand ihm mehr auf seinen Krempel irgendwie nachvollziehbar und anschlussfähig antwortete und dass die Rezensionen seiner Bücher, je mehr es davon gab, immer weniger von irgend etwas handelten, das er wiederzuerkennen in der Lage gewesen wäre. In dieser Situation war bald das Einzige, das überhaupt noch zu ihm sprach, die Kunst anderer Leute. Es gab, zum Beispiel, Lieder von Jens Friebe, die er nach einiger Zeit ganz ohne Büffeln auswendig konnte und die ihn umgekehrt noch viel auswendiger zu können schienen – »Rauch ohne Feuer« etwa, oder »Neues Gesicht«.

Den Abgrund, der sich unter dem Befund auftat, dass man in bestimmten historischen Lagen mittels Kunstwerken, also ja wohl den Äußerungen von Kunstfiguren, nur mit Müh und Not so gerade noch eine Art Austausch von bedeutungstragenden Daten hinbekommt, mittels angeblich authentischer Mitteilungen scheinbar empirischer Personen aber schon nicht mehr, beabsichtigte Dath aus Depressionsbekämpfungsgründen für das geplante Geleitwort zunächst mit allerlei lustigen Schüttelreimen zuzukleistern, etwa einem, in welchem er das Umschwärmtsein des Künstlers, dem das Geleitwort galt, aus dessen ständiger Bereitschaft zu erklären suchte, auf der Bühne jederzeit alles zu geben: »Nie sah ich einen lauen Friebe / Drum gilt ihm aller Frauen Liebe.«

Auch ein paar fade Scherze über »frieberufliche Tätigkeiten« waren vorgesehen. Dies alles aber landete stattdessen im elektronischen Papierkorb. Herr Dath, dem schwante, dass seine Schriftstellerei den Prozess, der ihn aller Welt bis hin zum völligen Verstummen zu entfremden drohte, nicht würde aufhalten, sondern höchstens beschleunigen können, setzte sich schließlich an den Rechner und schrieb statt der lauen Witze jenen Text, der dann wirklich ins besagte Friebe-Kiwi-Taschenbuch aufgenommen wurde und in welchem er (seiner eigenen späteren Einschätzung nach durchaus vergeblich) versuchte, den Unterschied zwischen dem Gültigen an Friebes Internet-Texten und dem bloß Geltungssüchtigen an der damals üblichen Weblog-Scheiße zu verdeutlichen.

Dietmar Dath hat danach noch allerlei veröffentlicht, aber nichts davon jemals wieder selbst geschrieben. Seine gesamte Publizistik und Literatur nach 2007 besteht, das ist die reine Wahrheit, ausschließlich aus Arbeiten, die in seinem Auftrag diverse nie namentlich genannte Angehörige der digitalen Bohème gegen bescheidene Provisionen auf der Grundlage äußerst vager, von Dath überaus lustlos vorformulierter Textideen unterschiedlichen Umfangs ausgeführt haben.

Selbst dieser Kommentar zum Friebe-Geleitwort stammt, obwohl er ihn mit seinem Namen versehen hat, nicht von Dath, sondern von einer ganz armen, frierenden, fast vollständig obdachlosen Sau aus Hamburg.

Es kommt indes nicht allzu arg darauf an.

Wichtig ist allein, was drinsteht.

Dietmar Dath, Freiburg, Januar 2009

Ach ja, Jens Friebe ...

Es lief noch das letzte Jahrtausend, als dieser opernliebende, kulturbeflissene Jüngling mit der Smiths-Tolle in meinem erweiterten Freundeskreis auftrat.

Er überragte – allein schon physisch – den Rest des überschaubaren Kaders aus Freaks, Magiern, Gauklern und Drop-Outs um Haupteslänge. Wir befanden uns in Köln.

Jens Friebe war, so erinnere ich mich, extrem musikalisch. In der von mir und meinem Freund betriebenen Popgruppe machten wir ihn zum Schlagzeuger. Da störte seine Virtuosität am wenigsten.

Denn mein Freund und Bandleader verlangte von diesem Teil der Band ausschließlich den sogenannten »Dopser-Rhythmus«. Ein Rhythmus, bei dem die geschlossene HiHat durchgespielt wird mit Achteln, während sich Bassdrum und Snare die anderen Achtel teilen, einzeln also Viertel spielen: Tschik/bumm, tschik/knall, tschik/bumm, tschik/knall …

Lange genügte dem hoch aufgeschossenen Exzentriker diese minderwertige Aufgabe allerdings nicht. Auch das Unterdrücken seines Könnens und seiner persönlichen Ambitionen durch Stimulanzen bishin zu Psychopilzen hatte nur kurzzeitig Erfolg. Jens Friebe wusste genau, warum er hier mit Drogen vollgepumpt werden sollte. Nannte mich in dieser Zeit daher gern mal »Alleinuntenhalter« – was für ein ausgezeichnetes Sprachgefühl.

Irgendwann aber hieß es final: »Ich gehe nach Berlin, um eine Solo-Karriere zu starten!« Wir wussten natürlich alle: »Keine Chance.« Und sagten ihm das auch. Zwei Wochen später hatte er bereits die Stadt verlassen und einen Plattenvertrag an Land gezogen.

Und das sogar unter dem sperrigen Namen Jens Friebe. Diesen Mühlstein, sich bloß keinen Künstlernamen zuzulegen, hatten wir ihm gerade noch vor seinem Abschied in langen Diskussionen um den Hals gehängt. Was seinem Werdegang aber auch keinen Abbruch tun sollte. Dieser fand so nun lediglich nicht unter Namen wie Fernando Express, Gemütskrank04 oder Rainbow Warrior statt.

Alles andere lief schlichtweg beeindruckend.

Und die Tatsache, dass sein, dem Leser ja hinlänglich bekannter, Aufstieg dennoch nicht dazu veranlasste, aus Verbitterung den Kontakt abzubrechen, sagt vielleicht mehr über den Menschen Jens Friebe aus als seine Tobsuchtsanfälle bei schwierigen Autofahrten, sein aggressives Lobdefizit oder auch nur sein schon sprichwörtlicher Saufbock.

Nein, man konnte einfach nicht von ihm lassen – egal wie großartig und interessant er immer weiter wurde.

So hielt die zarte Bande über die Zeit und erlaubte mir letztendlich sogar, eine Geschichte in seinem Buch hier auszubreiten, bei der ich davon berichtete, wie ich aus fahriger Eitelkeit auf den Boden eines fahrenden Zugs pinkelte. Schwamm drüber. Mir sei verziehen, Friebe gehuldigt.

Linus Volkmann, Köln, Januar 2009

Keine Reportage

Das war ein schöner Reinfall. Ich wollte den Ku'damm ablaufen, auf der Suche nach dem verschütteten Glanz Westberlins. Natürlich wusste ich, dass das nichts wird. Doch ich dachte, das Scheitern sei als Stoff schon dramatisch genug, und vielleicht hoffte ich auch, qua Quijotescher Wirklichkeitsverachtung die welke Ex-Amüsiermeile noch einmal in den Geist der Dreißiger tauchen – oder wenigstens stippen – zu können. Ich begann an der Gedächtniskirche, in deren verdämmerndem Schatten Gesandtschaften aller größeren Diasporen lautstark müßig waren. Eine Mischung aus Türkisch, Italienisch, Arabisch, Polnisch und wohl auch Hessisch stieg von den Teenagertrauben auf. Ein wahrscheinlich spanisches Liebespaar trug mit großer körperlicher Härte ein Spaßkämpfchen aus. Nun passierte etwas, womit ich nicht gerechnet hatte. Ich wurde traurig. Ich fühlte mich einsam in all dem Treiben. Ich hatte so was ja auch noch nie gemacht: Leutebeobachten. Ab und zu gibt es nett gemeinte Artikel über mich, deren kulturhistorisch verbildete Autoren in mir den Typus des Flaneurs zu erkennen glauben. Das habe ich eigentlich nicht so gern. Ich habe nicht dieses interessenlose Affenforscherinteresse an den Menschen. Wann immer ich irgendwo her gehe, will ich irgendwo hin. Eine Gruppe von Fremden ist für mich entweder amorphe Kulisse oder Magnet geselliger Sehnsucht. Letztere zu erfüllen schien mir hier auf dem Boulevard of Broken German schwierig, zumal ich älter und nüchterner war als die anderen und meine Suche nach Freunden ja doch irgendwie nur getarnte Recherche gewesen wäre.

Ich ging also weiter. Ich ging weiter und weiter. Ich ging bis zum eingemauerten Auto und wieder zurück. Ich machte Halt an jedem Lokal, das auch nur ein Echo vom Abklatsch auf das, was Harald Juhnke und Irmgard Keun hier gesucht und gefunden hatten, zu bieten versprach.

Sollte ich aus den Nichtigkeiten, die mir begegneten, die aufregendste aussuchen, wäre es wohl der Junggesellenabschied im King's Pub. Junggesellenabschied! Dieses grandiose Fest! Diese Zäsur im Leben eines

Mannes, welche rituell die pagane Periode sorgloser Ausschweifung, die es nicht gegeben hat, von der Phase ernst und treu bewahrten Eheglücks trennt, die es nicht geben wird. Um hufeisenförmig hingestellte Tische saßen zwanzig Männer. An ihnen spannten weite, biergelbe T-Shirts mit dem Slogan: »Seid doch froh, dass er vom Markt ist«. In der Mitte des Hufeisens saß der Hauptdarsteller. Er hatte einen eigenen T-Shirt-Spruch: »Ehe – Endlich erbarmt sich eine«. Er war aufgeregt. Eine Überraschung stand an. Eine Überraschung, die so überraschend sein würde wie ein Cowboy im Western.

Einige lange Sekunden später war es so weit. Der Cowboyhut, die Gamaschen und der Pistolengürtel der Stripperin glitzerten silbern, und man musste sich nicht übermäßig gut mit Ärschen auskennen, um zu bemerken, dass ihrer außergewöhnlich präzise gearbeitet war. Zwei perfekte Halbkugeln aus Stahl unter Haut aus brauner Seide. Doch obwohl es Männer wie diese hier waren , die einst das Ideal der Straffheit errichteten, um ihre Angst vor der ewig wabernden Natur in den Bann der Geometrie, der puren Kopfmagie zu schlagen, schienen sie nun, da ihnen das Ideal im Fleisch vortanzte, beinahe eingeschüchtert. Oder bildete ich mir nur ein, in den bravorufenden Gesichtern Spuren eines unvorgesehenen echten und ängstlichen Respekts lesen zu können? Vielleicht. Ein Gesicht allerdings ließ keinen Deutungsspielraum. Es gehörte einem älteren Herren am Nebentisch. Seine Augen füllten sich, als die Tänzerin den Kopf des Abschiedskandidaten zwischen ihre sektüberströmten Brüste drückte, mit Tränen. Es waren keine Tränen akuter Triebfrustration. Es waren die Tränen eines vergessenen und verkrüppelten Veteranen des Geschlechterkriegs.

Der King's Pub lag so ziemlich am Ende der Route. Als Abschluss war ein Besuch in der Großraumdisko »Kuh-Dorf« geplant. Doch als ich dort ankam, gab es vor der Tür eine arge Schlägerei mit Polizei und allem, und da hatte ich plötzlich endgültig genug. Ich fuhr zurück in mein Viertel.

Mein Viertel ist das Bötzowviertel. Es ist bekannt wegen der vielen Kleinkinder. Man wird zwischen Legoland und Algier wohl nirgends so viele Menschen unter 6 finden wie hier, auf dem Arnswalder Platz, an einem sonnigen Nachmittag. Als infantile Attraktionen dienen zwei separate, jedoch durch psychedelische Motivik miteinander verbundene Spielplätze. Eine Sitzgruppe aus Holz, auf der man sich unweigerlich die Teegesellschaft aus Alice im Wunderland vorstellt, tritt in Dialog mit ebenfalls hölzernen, riesigen Drogenpilzen, Eulen und einem aufgeschlagenen Buch mit einem dicken Tau als Leseband. So groß die Originalität all dieser Dinge ist, so niedrig ist ihr Spielwert. Doch Kinder sind ja schon zufrieden, wenn ihrer nur recht viele an einem Platz beisammen sind, und so machen sie bis abends Radau. Dann gehen sie mit ihren notirisch privilegierten Eltern heim und überlassen das Viertel der Unterschicht und einzelnen losten Bummelstudenten. Nachts sieht man vom Platz nur noch den zentralen Stierbrunnen. Er wurde Anfang der Dreißiger entworfen und von den Nazis gebaut. Da ihnen der Entwurf zu mickrig war, bliesen sie den Brunnen einfach auf das dreifache seiner geplanten Größe auf, ohne sonstige Anpassungen im Detail vorzunehmen. Die Stiere und Schäfer gerieten dadurch so grobschlächtig und kalt, dass man das Bauwerk nur noch auf einer Metaebene würdigen kann, als Sinnbild für die entseelende Kraft der Gigantomanie. Ähnlich beredt ist der Märchenbrunnen im nahe gelegenen Volkspark. Die Schildkröten dort hatten früher elegante, schlanke Hälse. Nachdem sie mehrmals vandalistisch geköpft worden waren, machte man die Hälse kürzer und dicker. So passten sich die Steinwesen in ihrer Evolution an das gewalttätige Menschengeschlecht an, wurden vorsichtiger, stärker, hässlicher.

Gegenüber der Nordwestlichen Ecke des Arnswalder Platzes liegt der »Max und Moritz Grill«, in dem ich jetzt sitze. Es ist an sich ein normaler Imbiss mit Döner und Hühnchen, nur dass an der Wand ein selbst gezeichnetes Bild von Max und Moritz hängt. Was mag die türkischen Betreiber wohl so machtvoll zu diesem Wilhelm Busch-Konzept getrieben haben? Gibt es vielleicht eine Broschüre für ausländische Gastronomen, »Shortcuts zur deutschen Volksseele?« Jeder Deutsche muss bei Max und Moritz selbstverständlich sofort an Brathühnchen denken. Wer könnte je den geilen Querschnitt durch Witwe Boltes Haus vergessen.

Ines kommt rein. Ich habe sie vor etwa einem Jahr hier kennen gelernt. Sie hatte versucht eine Flasche Bier anschreiben zu lassen und war verzweifelt, also lieh ich ihr Geld. Dafür erzählte sie mir ihre Geschichte. Früher hatte sie Sozialpädagogik und Psychologie studiert. Dann hatte sie einen Job in einem Vorort von Stuttgart angefangen und war dort verrückt geworden. Seit vier Jahren war sie wieder in Berlin, nahm Tabletten und trank zu viel. Das Geld ließ sie sich von ihrem Anwalt einteilen. Ein mit ihr befreundeter Taxifahrer Namens Erjan kam dazu und erzählte immer wieder wie schön Ines damals gewesen wäre, bevor die Medikamente sie aufgeschwemmt hätten. »Schönste Frau in ganz Berlin. Waren alle Männer hinter ihr her«. Ich wäre ja etwas beleidigt gewesen an ihrer Stelle, aber sie freute sich offensichtlich über das Kompliment für ihr früheres Ich.

Jetzt erkennt Ines mich nicht von alleine, aber als ich sie grüße, fällt ihr alles wieder ein. Sie erzählt, dass sie jetzt seit zwei Wochen eine Therapie macht, wo sie viel malt. Betrunken ist sie jedoch schon wieder ganz schön. »Was machst du eigentlich noch mal« fragte sie mich, dabei hatten wir über mich noch nie gesprochen. »Ach eigentlich bin ich Musiker, aber hab in letzter Zeit nicht viel gemacht. Ab und zu schreibe ich auch so kleinere Sachen. Heute bin ich zum Beispiel am Ku'damm gewesen für so ein Buchprojekt mit Reportagen über Berlin.« »Und, lief's gut«?, fragt sie. »Nein«, sage ich, »nein, eigentlich nicht«. Wir bestellen noch Bier.

Jens Friebe, Februar 2009

Dietmar Dath &
Kammerflimmer Kollektief

IM ERWACHTEN GARTEN

Musikbuch

Dietmar Dath (Text)
Kammerflimmer Kollektief
(Musik)

CD mit Booklet
Linernotes von
Andreas Platthaus

Ca. 60 Min. Spieldauer

Implex-Verlag / Staubgold / Verbrecher Verlag

17,99 €, UVP

Der Autor als Fisch, die Musik als Aquarium: Dietmar Dath liest *Im erwachten Garten*, einen bislang unveröffentlichten Spiegeltext aus seinem Manuskript zum Roman »Die Abschaffung der Arten«, in dem Tiere den Menschen zeigen, was Liebe, Krieg und Geschichte bedeuten. *Im erwachten Garten* ist ein Schlüssel, der hinter dem veröffentlichten Roman einen geheimen Urtext freilegt. Die lebendige, unberechenbare und chamäleonhafte Umwelt dazu schenken uns die Musiker vom Kammerflimmer Kollektief.

Text wird Musik, Musik wird lesbar – es gibt zwei Stimmen: die des Textes, und die andere, flüsternde, zwisselnde, schnäbelnde, pfingstlich flämmchenhafte, und das ist die, aus der spricht, wovon der Text handelt. So abendschön, so in Hall eingemummelt; dass die Welt ein Schlagzeug hat, wo der Mensch ein Herz hat, wird hier hörbar. »Sie bewerfen den Text mit Musik und beschießen die Musik mit Text, auf dass Geschriebenes plötzlich Echos hat und Klingendes, Klangliches plötzlich eine Zeilenführung bekommt, ein Layout fürs Ohr, einen Erzählcharakter und eine lyrische Textur.«

VERBRECHER VERLAG

Dietmar Dath

FÜR IMMER IN HONIG

Roman

Mit Illustrationen von Daniela Burger

1040 Seiten
Hardcover
36 €

ISBN: 978-3-940426-02-4

»Für immer in Honig« ist ein historischer Roman über Dinge, die nie passiert sind und nicht passieren werden. Er erklärt alles, was in der Zeitung steht und im Fernsehen kommt und handelt von Leuten, die sehr viel wissen und trotzdem alles falsch machen. Die Geschichte umfasst mehrere Jahrzehnte, in denen Deutschland vor die Hunde geht und die Beziehungen der Vereinigten Staaten von Amerika zum Rest der Welt sich verschlechtern, während die Toten ins Leben zurückkehren, die Wissenschaft Fortschritte eher seitwärts als nach vorne macht und die Popmusik sich nicht gerade verbessert. Die verhandelten Themen sind unter anderem: Pädophilie, Hillary Clinton, Wölfe, Molekulargenetik, die NATO, die Schulden der Dritten Welt, süddeutsche Provinznester, Schnee, Nazis, Islamismus, Ehebruch, Berlin, Videokunst, Poststrukturalismus, Messer, haitianische Küche, Fernsehen, moderne Krankheiten, Pinguine, Frankfurt, Wladimir Putin und Ohrstöpsel aus Schaumstoff.

Dietmar Dath, geboren 1970, veröffentlicht seit 1990 journalistische und literarische, satirische und essayistische Texte in in- und ausländischen Zeitungen und Zeitschriften.

Verbrecher Verlag Gneisenaustraße 2a 10961 Berlin
www.verbrecherei.de info@verbrecherei.de

VERBRECHER VERLAG

René Hamann

DAS ALPHABET DER STADT

Kurzerzählungen

110 Seiten
Broschur
13 €

ISBN: 978-3-940-426-15-4

E wie Eichkamp, Z wie Zehlendorf, P wie Pankow, R wie Rudow, S wie Schöneberg, X wie Xberg. René Hamann hat Berlin durchsucht und ist auf Normales gestoßen wie auf Obskures, auf Lächerliches wie auf Trauriges. Hamann beweist sich als genauer Beobachter. »Es sind hundertfach mehr erleuchtete Lampen als Menschen zu sehen. Eine Frau raucht an einer Bushalte, eine andere kommandiert ihren Pudel, eine dritte schiebt eine Fenstertür im ersten Stock auf. Es gibt kaum hohe Mauern vor den Häusern, die Schäferhunde sind nach Friedrichshain gezogen, die Überwachungskameras sind beim FAB. Es ist still. Durch die Stille kommt Kirchengeläut. Ein knarrender Rollstuhl mit einem Greis. Ein Bus fährt nachdenklich Richtung Schönow. Dann wieder Autos.« Die Glossen erschienen zuerst in der taz und erfreuten sich großer Beliebtheit. Nun ist das ganze Alphabet in einem Buch versammelt, ergänzt durch weitere Erzählungen aus und über Berlin.

René Hamann, geboren 1971, lebt als freier Autor und Journalist in Berlin. Er erhielt unter anderem das Arbeitsstipendium des Berliner Senats (2005) und den Lauter-Niemand-Lyrikpreis (2006). Veröffentlichungen: Katalan, Gedichte (2002), Neue Kokons, Gedichte (2003), Das Mädchen und die Stadt, Erzählung (2004), Schaum für immer, Roman (2007).

Verbrecher Verlag Gneisenaustraße 2a 10961 Berlin
www.verbrecherei.de info@verbrecherei.de

VERBRECHER VERLAG

Enno Stahl

DIESE SEELEN

Roman

Hardcover
266 Seiten
22,90 €

ISBN: 978-3-940426-12-3

Enno Stahls Roman »Diese Seelen« erzählt Geschichten aus der neoliberalen Wirklichkeit. Der realitätsferne Soziologe Robert rutscht in die Arbeitslosigkeit. Seine Ex-Freundin, die TV-Journalistin Tess scheitert an ihrer Skrupellosigkeit. Jürgen, ein Junge aus dem Kölner Kleinbürgertum, träumt von der großen Karriere als Tänzer in der Show von Tess, versagt aber auf ganzer Linie. Seine Schwester Mika, Arbeitsvermittlerin, sucht ordentliche Verhältnisse und stürzt in die Katastrophe …

Enno Stahl, geboren 1962, Studium der Germanistik, Philosophie und Italianistik (1997 Dr. phil.), lebt in Neuss. Er veröffentlichte Prosa, Lyrik, Essays, Glossen und Kritiken in Zeitungen und Rundfunk sowie in Zeitschriften und Anthologien. Zahlreiche Stipendien und Preise, zuletzt Hörspielstipendium der Filmstiftung NRW e.V. 2008, Sieger der Sparte Experiment bei der Literaturbörse des Steirischen Herbst 2002.

Verbrecher Verlag Gneisenaustraße 2a 10961 Berlin
www.verbrecherei.de info@verbrecherei.de

VERBRECHER VERLAG

Rudolf Lorenzen

BAD WALDEN

Oder El sueño de la razon produce monstruos

Roman

Hardcover
240 Seiten
22,90 €

ISBN: 978-3-940426-13-0

Der Kunsthistoriker Claus Jordan führt gemeinsam mit Margret Lambertsen ein renommiertes Antiquitätengeschäft in Frankfurt/M. Jordan, labil, manisch-depressiv, ständig auf der Flucht in die Vergangenheit, kann sich der realen Welt nur zwischen zwei resoluten Frauen stellen, seiner Teilhaberin Margret und seiner jüngeren Ehefrau Susanne, einst Lehrling im Laden »Lambertsen & Jordan«. Auf der Rückfahrt von einer Einkaufsreise in die Provence gerät das Ehepaar Jordan in die obskure Gesellschaft von Grundstücksspekulanten im Kurort Bad Walden. Unter ihnen der Redakteur Uwe Hinz, der den weltfremden Jordan erpressen will. Also täuscht er zusammen mit seiner Verlobten Christa einen Mord vor. Jordan, ohnehin in der Angst vor ständiger Verfolgung, fühlt sich schuldig …

Für diese Neuveröffentlichung im Rahmen der Rudolf-Lorenzen-Werkausgabe hat der Autor seinen Roman radikal umgearbeitet. Die Bedrohung ist nun allgegenwärtig.

Rudolf Lorenzen wurde 1922 in Lübeck geboren und wuchs in Bremen auf. Seit 1955 lebt er als freier Schriftsteller in Berlin.

Verbrecher Verlag Gneisenaustraße 2a 10961 Berlin
www.verbrecherei.de info@verbrecherei.de

VERBRECHER VERLAG

Germar Grimsen

ALMATASTR.

Roman

Ca. 240 Seiten
Hardcover
24 €

ISBN 978-3-940426-20-8

»Lag morgens lange im Bett. So endet dieser Tag.« Eine Straße in Bremen-Walle. Almatastraße. Ein Hochhaus, darin ein Mann. Den ganzen 18. Stock hat für sich, durch einen Zufall. Ein trauriger Denker ist er, ein armer Schlucker, gepeinigt von den Mitmenschen und der elenden Umwelt. Nicht einmal sein Freund Clemens versteht ihn. Und auch die Liebe bietet keinen Ausweg.

Germar Grimsen eröffnet in ALMATASTR. ein Panaroma der Ausweglosigkeit, er bietet das Tagebuch eines Misanthropen, den Leserinnen und Lesern zum Vergnügen – denn ALMATASTR. ist ein äußerst komisches, ein ungemein erheiterndes Buch. »Biß in Schmelzkäse. Zahnfleischbluten.«

Germar Grimsen, geboren 1958, lebt als freier Schriftsteller in Bremen. Es erschienen die Bücher »Angulus Durus« (2006, gemeinsam mit Sven Regener) und der Roman »Hinter Büchern. Der Reigen« (2007).

Verbrecher Verlag Gneisenaustraße 2a 10961 Berlin
www.verbrecherei.de info@verbrecherei.de

VERBRECHER VERLAG

Giwi Margwelaschwili

VOM TOD EINES ALTEN LESERS

Erzählungen

200 Seiten
Hardcover
19,90 €

ISBN: 978-3-940426-14-7

Ein alter Mann wird tot aufgefunden, sein Kopf liegt auf dem Buch, in dem er eben noch ein Gedicht gelesen hatte. Merkwürdigerweise jedoch lebt der Geist des alten Mannes in dem Gedicht weiter, darauf hoffend, die Leserinnen und Leser auf die verborgenen Schönheiten des lyrischen Textes aufmerksam machen zu können. In einer anderen Erzählung sieht sich die Buch- und Versweltverwaltung genötigt, einen alten Diktator, dem es in seinem Geschichtsbucheintrag zu eng geworden ist, mit der Selbstlektüre seiner Werke zu beschäftigen – bis er um Gnade bittet! Kann sie außerdem den Reiter vom Bodensee davor retten, nach der Überwindung der Gefahr doch noch sterben zu müssen? In den sechs Erzählungen Margwelaschwilis wird die Welt der Texte, wie wir sie kennen, auf den Kopf gestellt und kräftig durchgeschüttelt. Und das sehr zur Unterhaltung seiner Leserinnen und Leser!

Verbrecher Verlag Gneisenaustraße 2a 10961 Berlin
www.verbrecherei.de info@verbrecherei.de

VERBRECHER VERLAG

Stefan Ripplinger

I CAN SEE NOW

Blindheit im Kino

80 Seiten
Broschur
11 €

ISBN: 978-3-940426-18-5

Friedrich Wilhelm Murnaus »Der Gang in die Nacht«, Charlie Chaplins »City Lights«, Arthur Penns »Miracle Worker«, Akira Kurosawas »Ran« oder »Proof« von Jocelyn Moorhouse sind Spielfilme, die Blinde zeigen. Blinde und Blindheit gehören zu den ältesten Motiven im Kino überhaupt. In ihnen denkt das Kino über sich selbst nach. Seine oft für allzu selbstverständlich gehaltenen Voraussetzungen, die Behauptung, es könne sehen, ja das Sehen lehren, die Rede von der Kamera als von einem Auge, all das steht im Motiv des Blinden und der Blindheit auf der Probe oder zumindest zur Debatte.

Stefan Ripplinger, geboren 1962, studierte Komparatistik und Linguistik, er arbeitet als Journalist in Berlin. Zahlreiche Veröffentlichungen zu Kunst und Literatur, unter anderem: »Auch. Aufsätze zur Literatur« (2006).

Verbrecher Verlag Gneisenaustraße 2a 10961 Berlin
www.verbrecherei.de info@verbrecherei.de